MW01119845

Les éditions la courte échelle inc.

Sylvie Desrosiers

À part rire et faire rire, Sylvie Desrosiers passe beaucoup de temps à écrire. C'est elle qui a popularisé le célèbre chien Notdog et les inséparables de l'agence de détectives du même nom. Les jeunes sont maintenant nombreux à attendre les nouvelles aventures de leur chien laid favori.

Sylvie Desrosiers rédige, à l'occasion, des textes pour d'autres médias et elle collabore au magazine *Croc,* depuis le début. On lui doit, entre autres choses, la chronique d'Éva Partout et la rubrique Presse en délire qu'elle signe en collaboration.

Certains de ses livres ont été traduits en chinois. En plus de la littérature jeunesse, elle a publié un roman pour adultes et deux recueils humoristiques. Et elle se garde, bien sûr, du temps pour voyager et faire de longues promenades.

Les cahiers d'Élisabeth est son sixième roman à la courte échelle.

De la même auteure, à la courte échelle

Collection Roman Jeunesse

Série Notdog:
La patte dans le sac
Qui a peur des fantômes?
Le mystère du lac Carré
Où sont passés les dinosaures?

Collection Roman+
Quatre jours de liberté

Les éditions la courte échelle inc.
5243, boul. Saint-Laurent
Montréal (Québec) H2T 1S4

Illustration de la couverture:
Normand Cousineau

Conception graphique:
Derome design inc.

Révision des textes:
Odette Lord

Dépôt légal, 3e trimestre 1990
Bibliothèque nationale du Québec

Données de catalogage avant publication (Canada)

Desrosiers, Sylvie, 1954-

    Les cahiers d'Élisabeth

    (Roman+; R+12)
    Pour les jeunes.

    ISBN 2-89021-136-3

    I. Titre.   II. Collection.

PS8557.E87S45 1990   jC843'.54   C90-096120-1
PS9557.E87S45 1990
PZ23.D47Se 1990

Sylvie Desrosiers

Les cahiers d'Élisabeth

Chapitre 1

Samedi: Cogito, ergo sum (Je pense, donc je suis)

Ce n'est pas que je sois vraiment sauvage; le problème, c'est que ce que disent les autres m'intéresse rarement. C'est tout.

C'est comme la mode, tiens. Je fuis tout ce qui est à la mode. Ce doit être pour ça que j'ai décidé de suivre des cours d'allemand, parce que c'est l'espagnol qui a la cote.

Probablement aussi parce que c'est une langue extrêmement difficile. Tellement que ça me décourage et que ça me déprime. Ce qui entre nous m'arrange, en fin de compte. Car j'adore me créer des difficultés et j'adore être déprimée.

J'ai quinze ans et toutes mes dents.

Même un peu plus que la moyenne des gens, je dirais. Je ne sais pas ce que ma mère a mangé lorsqu'elle était enceinte de moi, mais quand je me fais une queue de cheval, vous devriez voir l'effet! Il ne me manque qu'une selle sur le dos pour que la ressemblance soit parfaite et qu'on se mette à m'appeler Brindille ou par quelque autre nom stupide qu'on donne aux chevaux.

C'est une bonne chose que je ne porte pas de broches* aux dents: j'aurais l'air d'avoir un mors. En parlant de broches, tiens, je dois dire que je suis l'exception. C'est vrai, parce qu'au moins la moitié de l'humanité de mon âge en porte. La moindre petite dent un peu de travers et hop! c'est la clôture de fer forgé dans la bouche. C'est franchement dommage que les gens ne s'occupent pas des petits travers qui leur poussent en dedans de la tête avec autant d'empressement.

J'ai l'air d'accorder beaucoup d'importance aux broches, mais c'est une des dures réalités avec lesquelles il faut composer. En fait, la seule chose qui me fatigue vraiment, c'est quand ceux et celles qui les portent

* Appareil orthodontique.

sourient au soleil. Ça t'éblouit ça, madame, tu peux presque te faire bronzer juste avec les rayons qu'elles te renvoient.

Et puis, pour en finir avec ce sujet-là, il y aussi que les broches, ça embrasse mal rare. Mon dernier chum en avait, et je me râpais la langue dessus.

D'accord, j'exagère un peu. Disons plutôt que plus ça allait mal entre nous, plus je trouvais que ses broches étaient une cause de rupture. Mais c'est surtout qu'il était jaloux sans bon sens.

J'ai la poitrine très développée, un peu comme mes dents, tiens. Le gros modèle, de luxe, options comprises. Ça me gêne un peu, et je trouve que ça court mal parce que ça ne tient jamais le rythme, mais bon, je suis faite comme ça. Et je ne m'habille pas trop, trop serré, vu que s'il y a une chose que je ne peux pas supporter dans la vie, c'est bien les gars qui me sifflent. Ils me font penser à des bouilloires antiques, passées de mode, oui.

Donc, je suis le genre vêtements qui ne montrent pas grand-chose, mais de là à porter un drap de lit *king size,* il y a toujours une limite! C'est pourtant ce que mon chum voulait que je mette. Du style, pour empêcher les autres de voir comment je suis faite. Malade un peu. Je l'ai laissé avant qu'il essaie de m'enfermer.

Disons que ma mère ne l'aimait pas beaucoup. Pour elle, il n'y avait pas de différence entre lui et Barbe Bleue. Elle ne pouvait admettre qu'un gars comme ça existe encore et qu'en plus, j'en sois amoureuse. Mais qu'est-ce que vous voulez, on ne contrôle pas ses coups de foudre. De toute façon, ça ne dure jamais longtemps. Mais ma mère se mêlait de ses affaires. Je crois qu'elle pensait qu'en agissant comme ça, je l'aimerais, elle, encore plus.

Les parents ont toujours peur qu'on les laisse, même s'ils crient à droite et à gauche qu'on est un paquet de problèmes. Je veux dire, ce qu'ils croient qu'ils font pour nous, ils le font souvent pour eux-mêmes.

Pour les parents, comme pour les broches, je suis l'exception: les miens vivent ensemble et s'aiment encore. Ce qui, croyez-moi, est loin d'être un avantage pour moi.

Prenez mon amie Paulette, par exemple. Quand sa mère lui tape sur les nerfs, elle va chez son père, passer la fin de semaine, disons, histoire de décompresser un peu. Moi, je n'ai pas ce genre de retraite. Je n'ai même pas le bon vieux système qui fait qu'on peut monter un parent contre l'autre parce que ces deux-là s'entendent comme deux petits chats de la même portée. Non, il n'y a rien de pire pour la progéniture que des parents qui font bon ménage.

Parfois, je leur en veux d'être si bien ensemble. Ça ne me prépare pas trop, trop à l'avenir. En général, je trouve les gars stupides et je doute de jamais pouvoir en endurer un beaucoup plus longtemps que ce que dure le coup de foudre. Sauf que l'exemple que j'ai sous les yeux fait de l'ombre à mes prévisions. Ça m'embête de penser que ça peut marcher entre deux personnes.

Remarquez que, dans le cas de ma famille, je ne peux pas parler de deux personnes, je dois en ajouter une troisième, l'inénarrable Liette. Ma tante Liette qui, contrairement à ma mère, adore se mêler de mes affaires.

Elle est pratiquement toujours chez nous, surtout depuis qu'elle a envoyé mon oncle Louis — mon ex-oncle Louis — voir au Pôle Nord si ça bronze mieux en dessous du trou dans la couche d'ozone. Un numéro, Liette. La barmaid la plus crainte en ville.

Collée à ma mère. Plus collées que ça, ce sont des siamoises. C'est tout à fait normal, puisqu'elles sont jumelles.

Donc, veut-veut pas, mon père et moi, on est obligés de l'endurer quand elle arrive, en vraie tornade, traînant avec elle une sorte de petit chien mouillé, mon cousin Michel. Que j'appelle Muchel en ce moment parce qu'il mue.

Il y en a qui traînent des maladies, d'autres des dettes. Mon boulet à moi a pris la forme de mon cousin Muchel. Parce que nos mères respectives ne peuvent pas vivre l'une sans l'autre, et d'un, et parce qu'on a pris toutes nos vacances ensemble, et de deux. Toujours pendant les deux dernières semaines de juillet, toujours en camping.

Je me demande quelle sorte de vie sexuelle ont mes parents. Apparemment, cela n'a aucun rapport avec le camping, mais voilà: pour faire du camping, il faut être complètement masochiste et, si on l'est, ça se répercute fatalement dans le lit. Or donc...

On a dû faire tous les parcs de la province cinq fois chacun. Et chaque endroit me laisse des souvenirs impérissables comme une allergie aux piqûres de mouches noires qui m'a gonflé le visage comme un sac en papier brun soufflé; des pieds tellement écorchés sur les roches coupantes des prétendues plages que j'ai passé à deux orteils de l'amputation; ou encore la terreur d'être engloutie dans la vase et les algues qui t'attendent dans les lacs, accompagnées plus souvent qu'autrement de sangsues géantes ou de petits poissons qui te mordent le gras des jambes.

Le bonheur, en somme.

Je ne compte plus les fois où il a fallu attacher la tente après les pare-chocs de l'auto pour l'empêcher de partir au vent, avec nous dedans. Ni les fois où on a dû creuser des rigoles autour de la tente pour éviter que nos sacs de couchage se transforment en bains flottants.

J'en ai ramassé, des framboises, à la pluie battante, le toupet dégoulinant sur mon nez et sur mon imperméable réversible vert et jaune, les pieds dans des bottes de caoutchouc noires trop grandes!

Et j'en ai mangé, des guimauves, sur le feu de camp, la figure brûlée par la chaleur, mais le dos gelé parce que les nuits sont froides en titi.

Mais tout ça, c'étaient des douceurs comparé à la réelle calamité de mes vacances, Muchel.

— Il a juste trois ans de moins qu'elle, c'est donc fin! Ils vont pouvoir s'amuser ensemble!

Liette a dû répéter cette phrase-là chaque année depuis la naissance du *blob*. Le *blob*, c'est évidemment Muchel, un être mou plutôt apparenté au jello qu'à la race humaine.

Fin, mon oeil. Pris avec lui, oui. Mais tant qu'à l'avoir collé à moi tout le temps, j'en ai profité pour faire sortir un peu le méchant qu'on a tous en dedans.

Je l'ai donc emmené prendre des marches dans l'herbe à puce, en short, ou courir après les mouffettes. Lui, il en a pris, des bains de jus de tomate! Et sa mère a dépensé une fortune en petite lotion rose contre les éruptions. Mes meilleurs souvenirs d'enfance, en fait.

Cette année, ils ont choisi le Lac-Saint-Jean. Encore une fois, la visite du village fantôme de Val-Jalbert, où nous avons pique-niqué en plein déluge. Avez-vous déjà essayé de faire des sandwiches aux tomates sur le capot d'une auto pendant qu'il pleut à boire debout? Je vous le dis, moi, la mayonnaise ne tient pas.

Je me suis vue soudain en train de cueillir des bleuets pendant douze heures pour remplir mon contenant en plastique de deux litres, habillée comme un plongeur pour empêcher les bibites de rentrer. Alors, je n'ai pas pu m'empêcher de crier:

— Non! Assez!

La lutte a été dure, mais j'ai fini par gagner. Ils ont accepté l'idée qu'à quinze ans, je peux me garder toute seule.

Après avoir averti la voisine d'en haut, qui se fera un plaisir immense de surveiller ce que je fais; après que je leur ai dit que mon amie Paulette viendrait rester avec moi — sans leur mentionner que Paulette veut qu'on fasse le party du siècle; et après une conférence au sommet plus mouvementée qu'une descente des rapides en canot sans rames, ils ont décidé de partir sans moi.

Pour une semaine.

Je vais enfin avoir la paix ici! Parce que mes parents, ce ne sont pas tout à fait des carmélites. C'est fou ce qu'ils prennent de la place et ce qu'ils sont bruyants, avec leurs émissions de radio, leur va-et-vient ou leurs informations à la télévision. Pires que moi avec ma musique.

Ils sont partis ce matin. C'était évidemment trop beau. Car ils m'ont laissé un cadeau inattendu: Muchel.

— Si Marie-Soleil y va pas, j'y vas pas moi non plus d'abord, qu'il a pleurniché à sa maman, paraît-il.

Sa maman, trop contente de me le coller pour la semaine. Ce qui fait que Muchel est arrivé avec sa valise et sa *mitt* de baseball. Ça va être gai.

Je ne sais pas trop encore où je vais l'enfermer, dans le frigidaire, dans le bac à viande ou dans celui réservé aux légumes. Ou dans la cave, enchaîné à la fournaise. Ou assis dans les cactus bien-aimés de mon père. On verra. Pour tout de suite, je vais l'envoyer m'acheter de la gomme. Je leur revaudrai ça un jour, à mes parents.

Je leur en dois une déjà. Ils m'ont appelée Marie-Soleil, non? Ça ne vous a peut-être pas frappé encore, mais c'est laid en titi comme nom. J'en ai toujours eu honte. D'ailleurs, deux filles sur trois que je connais détestent leur prénom. Chaque fois qu'un parent veut donner un nom original à son enfant, c'est la catastrophe.

À l'époque des miens, on s'inspirait de la nature pour nommer la progéniture. Dire que j'aurais pu m'appeler Pissenlit! Ou Lune. J'ai eu une Lune Pilon dans ma classe. La pauvre a tellement fait rire d'elle qu'elle doit être complètement paranoïaque aujourd'hui. J'ai aussi connu une Gitane Noiseux et un Géronimo Fleury, ce qui m'a beaucoup aidé à accepter Marie-Soleil, en fin de compte.

— Marie-Soleil, qu'est-ce qu'on fait maintenant?

Ça commence!

— Va m'acheter de la gomme au coin.

— Non. J'suis pas ton serviteur.

— O.K.

Il reste planté là.

— Qu'est-ce qu'on fait?

— Écoute, Muchel, tu ne vas pas commencer à me demander ça toutes les cinq minutes. Je ne suis pas une monitrice de parc. Débrouille-toi. Regarde un vidéo, tiens.

— Appelle-moi pas Muchel. Ouan ben, je sens que la semaine va être plate pas mal...

Et voilà Muchel qui vire de bord et s'en va fouiller dans les vidéos avec le même enthousiasme qu'il aurait eu si on lui avait demandé de mettre ses deux mains dans un nid de guêpes.

Quant à moi, ce dont j'ai envie maintenant, c'est d'un sandwich tomate mayonnaise et de m'asseoir avec le journal.

Non, pas un quotidien sans intérêt qui tache les doigts. Un journal personnel. Ou un journal intime, si vous préférez. Pas le mien, car je n'en tiens pas. À cause de ma mère qui fouille dans mes tiroirs pour m'emprunter mon linge. Fatalement, elle mettrait la main sur mon journal et ne se gênerait pas pour le lire. Sous prétexte de mieux me comprendre ou quelque mensonge du genre.

C'est donc du journal de quelqu'un d'autre dont il s'agit.

Je l'ai trouvé hier, soir où l'on ramasse les vidanges dans mon quartier bien-aimé. Je revenais tranquillement avec ma crème glacée quotidienne en suivant le camion de vidanges et juste devant chez moi, un des gars a soulevé une boîte dont le fond a lâché. Il s'est alors exprimé comme le voulait les circonstances, «criss, d'hostie de tabarnak» etc., etc., un bel exemple d'expression orale quoi, ramassant en très, très gros ce qui était tombé.

Par terre, est resté ce cahier, avec *Tage-*

buch inscrit sur la page couverture. Livre des jours. J'étudie l'allemand, je vous l'ai dit, j'ai donc ramassé le cahier relié en tissu fleuri genre jeune fille, mais pas trop quétaine. Ses pages étaient remplies d'une écriture fine, rouge.

Je ne l'ai pas ouvert hier parce qu'à la maison, c'était la panique. Ma mère me cuisinait des plats qu'elle a mis au congélateur ensuite, mais que je ne mangerai pas, sauf la sauce à spaghetti. Mon père faisait le lavage et les valises. Et ils écoutaient de l'opéra à tue-tête.

Ils sont bizarres. Ils sont passés, l'année dernière, du western à Mozart. Vous devriez les entendre chanter des répliques d'opéra en italien! Ça rend fous les voisins, et ma chatte se cache en dessous du bain chaque fois.

C'est drôle parce qu'ils n'ont pas le genre opéra. Ma mère parle tout croche et mon père porte ses chandails à l'envers. Mais enfin, assez parlé d'eux, puisqu'ils ont débarrassé le plancher.

Muchel s'est choisi un film de vampires, j'ai donc enfin le temps de respirer et de commencer à lire le journal rescapé des vidanges.

Chapitre 2

Le journal intime 1

21 mai

Je commence à écrire ce journal par amour. Pour quelle autre raison le ferais-je? J'ai l'impression que les gens écrivent leur journal soit parce qu'ils aiment, soit parce qu'ils détestent, soit parce qu'ils sont seuls. Un besoin d'exprimer l'amour qu'on a ou qu'on n'a pas.

Mais je ne sais pas trop comment commencer. Le temps est à la pluie, et je m'ennuie. Voilà une autre raison pour tenir ce journal, l'ennui. Et la solitude. Et la douleur. Je suis allongée, appuyée sur mes oreillers.

J'écris dans cet agenda offert par Jeanne, acheté lors de son voyage en Autriche. À chacun des mois, un tableau représente une vue de Vienne.

Quand elle vient nous voir, Jeanne vient dans ma chambre et me raconte tout sur cette ville, le café Sacher, la cathédrale Saint-Étienne, l'appartement de Mozart, le café du palais Ferstel, les pâtisseries, les rues étroites, la Kohlmarkt et la chambre de la pension du Docteur Geissler.

Elle me décrit les menus, l'architecture et les décors des opéras qu'elle a vus. Je l'écoute et je rêve de départ. De quitter cette maison-prison où tout m'est hostile, sauf Jeanne, Jeanne qui comprend et qui se tait.

Elle me dit qu'elle m'emmènera un jour à Vienne, quand j'aurai dix-huit ans, quand enfin je briserai les chaînes qui m'attachent à ceux que j'aime, soi-disant. Je ne sais plus.

Mais que je déteste aujourd'hui.

À qui d'autre que Jeanne parler d'amour? Certainement pas à mes parents qui ne savent plus depuis longtemps ce que ce mot-là signifie. Aux amis? Depuis Martin, j'ai coupé les liens avec tout le monde.

Il n'y a donc que Jeanne qui me raconte qu'elle laisse ses chums parce qu'elle croit que l'amour est plus grand que tout ce qu'elle a vécu. Mais elle ne vient pas souvent. Elle a d'autres choses à faire que de greffer sa vie à celle d'une fille qui vient d'avoir dix-sept ans.

Une fille malade, presque morte et enfermée.

À sa dernière visite, elle m'a apporté une lettre de Martin. Je lui ai promis de la détruire, comme toutes les autres, mais ça m'est trop difficile. Je me dis que si l'appartement brûlait, ces lettres seraient les seules choses que je sauverais des flammes. Il n'y a qu'à elles que je tienne vraiment. Et c'est ironique que ce soient les seules choses que je doive détruire. Je suis fatiguée.

25 mai

Tout était si merveilleux. Avant. La première fois que j'ai vu Martin, il sortait du restaurant du Jardin botanique, une frite graisseuse dans une main, un chocolat au lait dans l'autre, une casquette sur la tête avec la palette en arrière. Je me suis demandé à quelle heure il vomirait son repas.

Carmen, Johanne et moi avions l'habitude d'aller manger là, le midi. C'était plus agréable que la cafétéria de l'école même si la nourriture était pourrie, et les jardins étaient certainement plus plaisants que l'ancienne chapelle transformée en salle de récréation. On sortait enfin.

Martin avait un pas lent et traînant, la démarche de quelqu'un qui semble attentif à ses gestes, attentif au moment présent. Il s'est assis à une table voisine, avec des amis. Il mangeait et parlait d'une voix traînante aussi. Ça m'a déplu, et je ne lui ai pas prêté attention.

La deuxième fois que je l'ai vu, c'était de loin. Il avançait du même pas paresseux vers l'autobus qui allait démarrer. Il n'a pas couru, comme s'il était certain que l'autobus attendrait monsieur. En effet, l'autobus l'a attendu. On dirait que toute la vie attend Martin. Et moi aussi, je l'attends aujourd'hui, mais il ne viendra pas.

La troisième fois que je l'ai rencontré, au Jabo, — c'est le nom qu'on donnait au Jardin botanique — je l'ai regardé venir avec sa nonchalance si caractéristique. C'est à ce moment-là que j'ai su qu'il serait mon grand amour.

J'ai pensé tout simplement: «Voilà, tu vas passer ta vie avec lui. C'est lui et personne d'autre.»

C'était étrange. Pas de palpitations, pas d'énervement, pas de coups soudains au coeur comme ce qu'on lit dans les romans. Juste une assurance calme, une certitude tranquille, une sorte de grande paix que j'ai ressenties au fond de moi.

Jeanne m'a dit qu'une telle chose ne lui était jamais arrivée. Elle me parle de ses amours à elles, toujours troublantes et passionnées au début. Puis du moment où ça craque. Mais c'est impossible que ça nous arrive, à Martin et à moi.

Nous nous sommes souri cette fois-là, avec autant de naturel que si nous nous étions toujours connus. Ses petits yeux gris et ses grandes dents, ses lunettes rondes de myope et son corps filiforme avaient quelque chose de familier. Comme si on s'était déjà rencontrés quelque part dans le temps, avant, dans une autre vie?! Qui sait?!

Certainement pas moi.

Je doute de tout, je ne crois à rien, mais je pense que tout est possible. Je réfléchis beaucoup à ces choses-là, au surnaturel. Clouée ici, dans mon lit, je ne peux pas faire autre chose.

Est-ce que le destin existe? Est-ce que ce qui m'arrive était écrit quelque part dans les étoiles? Était-ce inévitable? Ou bien est-ce que la vie est un pur hasard? Si oui, alors je me demande: «Pourquoi moi?» C'est trop injuste!

J'ai toujours rêvé qu'il se passerait des choses extraordinaires dans ma vie. L'arrivée de Martin en est une, la plus extraordinaire de toutes même. Les gens disent que l'enfance est le plus bel âge. Je ne crois pas. Parce qu'on ne sait pas ce que c'est que l'amour quand on est petit.

Ce mot, extraordinaire, a toujours évoqué pour moi quelque chose d'heureux. Je ne savais pas que parfois, un événement hors de l'ordinaire justement peut être dramatique.

J'ai déjà lu que ce sont des choses qui arrivent souvent, tous les jours même. J'ai vu des photos des victimes dans des magazines. Mais on croit que ça n'arrive qu'aux autres.

Et si la vie n'est pas un hasard? Cela veut dire alors que nous sommes responsables de tout ce qui nous arrive? Pourtant je ne l'ai pas cherché. Je n'ai pas fait exprès.

Martin non plus, c'est certain. Car il ne savait pas que l'arme était chargée.

Chapitre 3

Dimanche: Alea jacta est!
(Le sort en est jeté!)

Ce n'est pas que je manque de romantisme. Le problème, c'est que je semble la seule à être vraiment romantique. C'est tout. Mon amie Paulette, tiens: elle dit que je ne comprends rien à l'amour. Mais si l'amour c'est passer son samedi soir à la station d'essence où son chum Laurent travaille pour payer ses cours, eh bien, non merci!

Moi, embrasser un gars qui a une haleine de super sans plomb, ce n'est pas tout à fait ma conception du romantisme. Mais elle! À l'entendre, on croirait que rien n'est plus agréable que des caresses qui sentent le diesel! Un genre. Non, l'amour à la pompe, ça ne ressemble pas trop, trop à ce que j'imagine pour moi-même.

Mais il faut bien dire, pour leur rendre justice, qu'ils s'aiment tellement ces deux-là qu'ils pourraient passer leur vie à plumer des poulets ou à faire n'importe quoi de dégoûtant pourvu qu'ils le fassent ensemble.

Paulette a rencontré Laurent à Toronto, lors d'un voyage de classe. Y a-t-il quelque chose de moins romantique que ça, je vous le demande? Elle l'a sauvé du suicide, à ce qu'elle raconte. À l'écouter parler d'ailleurs, tout ce qu'elle touche se change en or. Car elle est habile dans tout, Paulette. Alors que moi... À la minute où je m'approche pour toucher quelque chose, ça casse. Et ça inclut les chums.

Paulette, c'était la fille qui détestait tout, avant qu'elle tombe amoureuse, évidemment. Maintenant, on la voit s'intéresser à des choses nouvelles. Comprendre: à ce que son chum aime.

Les filles que je connais font presque toutes ça. Elles haïssent le baseball pour mourir puis, si elles ont le malheur de tomber en amour avec un amateur, elles veulent s'acheter un abonnement au stade.

M'énerve!

Mon dernier chum et moi, on n'aimait pas le même genre de musique. S'il aime ça, le rétro, c'est bien son affaire. Chacun ses goûts. Mais ça l'empêchait de vivre que je n'aime pas ça. Il aurait fallu que tout à coup, boum! je sois convertie au rétro. Je déteste ça, moi, qu'est-ce que ça pouvait donc lui faire? Je ne l'obligeais pas à aimer mon genre de musique...

On dirait que les gars essayent toujours de nous faire croire qu'on vivait dans les limbes avant qu'ils arrivent. Ils n'aiment pas les filles, ils aiment leur montrer quelque chose.

Mais Paulette n'est pas si pire que ça quand même: elle déteste encore des choses. Par exemple, elle dit:

— Je déteste être pareille aux autres.

Moi, je dis plutôt:

— J'adore être différente.

On dit la même chose, en fait. C'est pour ça qu'on est amies.

Alors. Il semble que tout le monde autour soit amoureux. Paulette et Laurent, Isabelle et Frédéric. Ces deux-là sont par contre le contraire des premiers. Ils se chicanent tout le temps, et on a toujours l'impression que ça va casser. On se dit: «Ça y est, c'est aujourd'hui qu'elle lui donne ses 4 %!»... parce que c'est elle qui mène.

Mais non. Il faut croire que l'amour s'adapte aux personnalités, qu'Isabelle et Frédéric sont heureux dans la chicane, qu'elle aime avoir le dessus, et que lui aime se laisser faire. Alors que Paulette et Laurent, c'est la douceur totale. Même que plus doux que ça, tu vires en petit minou angora.

Mon premier chum de tout, je l'ai laissé au carnaval de l'école. C'était l'année passée. On est sortis ensemble deux mois, j'avais quatorze ans. Il m'écrivait des poèmes d'une main et se cramponnait à moi de l'autre. J'étais en train de devenir gauchère, tellement il ne me lâchait jamais la main droite. Je vous le dis, plus collé que ça, c'est une greffe. Sauf que quand on n'est pas capable de boire un Pepsi toute seule, ça devient achalant.

Alors, je l'ai lâché, comme ça, au carnaval. J'ai été obligée de lui crier que je le laissais, à cause du bruit. Ça, c'est romantique, je trouve!

Je le rencontre parfois dans la rue et il change de trottoir. Ou bien il m'aime encore, ou bien il n'a pas encore digéré que ce soit moi qui l'aie laissé, et pas lui. On ne sait jamais avec les gars. On ne sait jamais rien.

— Salut, Solarium! Ton cousin dans le salon, c'est une farce ou on est prises avec lui?

Paulette vient d'arriver avec sa valise.

— Ce n'est pas une farce. Ou oui, tiens, c'en est une, et mes parents sont morts de rire en ce moment.

Paulette dépose sa valise, ouvre le frigidaire, sort le jus, s'en sert un verre et s'assoit en soupirant:

— C'est gai! C'est un chaperon? S'il y a quelque chose que je déteste le plus au monde, c'est un petit bavasseux boutonneux de douze ans.

Je réfléchis:

— On pourrait peut-être essayer de s'en débarrasser? Il paraît que le vaudou est parfait pour ça. Aurais-tu apporté un coq vivant, par hasard?

— Ça adonne mal, moi qui en traîne toujours un avec moi, aujourd'hui je n'en ai pas, pouffe Paulette.

Elle enchaîne aussitôt:

— On pourrait l'obliger à lire un livre de

quatre cents pages écrit petit, pas d'images: ça devrait l'achever.

— Il aime la lecture.

— On peut lui trouver une blonde, peut-être? Ça le tiendrait occupé.

— Ça ne l'intéresse pas. Il est encore trop niaiseux.

— Eh bien, Solarium, on a un problème!

C'est plus fort qu'elle. Paulette est incapable de m'appeler par mon prénom. Solarium, c'est nouveau. Avant, pendant six mois, elle m'a appelée Mario. Allez donc savoir pourquoi. Mais il n'est pas question de lui donner un surnom à elle, elle déteste ça.

Je n'aime pas tellement ça moi non plus, sauf les surnoms que Paulette me donne. Nos amies ont quand même certains privilèges. Elle appelait son amie Claudine «les babines», parce que Claudine avait des lèvres de trente centimètres. Chacune. Mais Claudine a déménagé en banlieue et elle ne la voit plus.

Quand je dis «nos amies», je généralise. En fait, Paulette est ma seule vraie amie. Vous pensez peut-être: «Pauvre Marie-Soleil, les autres ne l'aiment pas!» Mais voyez-vous, l'opinion des autres m'est totalement indifférente. Sauf celle de Paulette. Pour ce qui est de celle des gars, je ne lui accorde pas la moindre attention. C'est d'ailleurs lorsque tu les ignores complètement que les gars courent après toi.

Compte tenu de mes penchants anti-sociaux, c'est donc Paulette, et non moi, qui tient à faire un party vendredi.

— Est-ce que ça change quelque chose pour Laurent? demande-t-elle.

— À quel sujet?

— Bien, il peut venir dormir ici, oui ou non? Avec ton cousin...

— Muchel? Il va bavasser, mais ça ne devrait pas trop déranger mes parents. Tu sais, quand il s'agit des autres, ils sont toujours très ouverts...

C'est vrai. Les grands principes, laisser ses enfants être responsables et tout. «On ne peut pas l'empêcher de faire à la maison ce qu'elle va faire dehors de toute façon», dit mon père. De son côté, ma mère joue la grande ouverture d'esprit: «Il faut absolument que tu m'avertisses quand tu feras l'amour, je vais t'emmener chez le docteur te faire prescrire des contraceptifs.»

Sauf que quand mon ex-chum est apparu dans le paysage, ils sont montés sur leurs grands chevaux et se sont mis à m'interdire d'aller dans ma chambre avec lui. Des vrais hystériques. Retour donc à la cachette.

De toute manière, ils n'avaient pas à s'inquiéter, puisque je ne voulais pas. Je vous l'ai dit, je suis romantique. Avant que je couche avec un gars, il a besoin d'être parfait. Et mon ex était loin de répondre à cette exigence-là. Parfait oui, dans le genre macho, plutôt.

Enfin, c'est ce que je dis aujourd'hui. Mais peut-être qu'à force de sécher, je vais devenir un peu moins difficile.

— J'm'ennuie! C'est plate! J'ai faim! J'veux un jus!

Voici Muchel, le parfait achalant, qui arrive.

— C'est qui, elle? demande-t-il, en pointant Paulette du doigt.

— La fée des étoiles, répond-elle avant que j'aie eu le temps d'ouvrir la bouche.

— J'aime pas ça, me faire niaiser, me dit-il, alors que je lui sers du jus de raisin.

— C'est juste pour rire, mon Muchel.

— Appelle-moi pas Muchel. Pis est pas drôle, ton amie. Qu'est-ce qu'on fait?

— Prends ma bicyclette, va faire un tour.

— Il pleut à verse!

— Ce serait pareil en camping, et tu irais quand même. Fais pas ton bébélala.

J'ai semé le doute dans l'esprit de Muchel. Je crois qu'il ira, juste pour montrer qu'il n'est pas un bébé. Pour se débarrasser des jeunes de douze ans, il faut toujours faire comme si c'étaient des bébés. Ça les insulte et ça marche à tous coups.

Paulette sort un crayon et un papier:

— Qui on invite, vendredi?

— Qui tu veux, moi...

— Bon, alors, Isabelle, Frédéric, Pascal, Noël, Ginette Dubé, Martine Laurendeau...

Et Paulette dresse une liste de mille personnes au moins. Ça va être gai de faire le ménage après.

— Tu es certaine que ça ne dérangera pas tes parents, Solarium?

— Mes parents? Tu peux être sûre qu'ils vont piquer une crise de nerfs s'ils l'apprennent! Je te l'ai dit: ouverts juste en principe, je les connais.

— Mais ils vont l'apprendre par la voisine d'en haut!

— Elle a un chalet et elle y va les fins de semaine. Il n'y aura personne dans la maison.

— À côté?

— Depuis dix ans qu'ils restent là, ils ne nous ont jamais parlé. Il n'y a pas de raisons pour qu'ils commencent aujourd'hui.

— Bon. Et Muchel?

— Va falloir faire du chantage.

— Avec quoi?

— Je ne sais pas, mais on aura sûrement l'occasion de lui faire faire quelque chose qu'il ne voudrait pas que sa mère sache...

Paulette a un petit sourire entendu. Elle va certainement faire fonctionner son cerveau jusqu'à ce qu'il fume pour trouver une idée. Moi aussi. Je ne vois pas dans quoi je vais l'embarquer, le pauvre, mais j'ai encore la semaine pour y penser. Ça ne m'embête pas du tout, d'ailleurs: ça me rappellera nos belles années de camping.

Chapitre 4

Le journal intime 2

1er juin

Je me souviens à peine de mon arrivée à l'hôpital. On m'a dit que je criais. Je revois des ombres, des personnes qui s'agitent autour. J'entends même une voix qui murmure: «C'est trop tard...»

Je sais pourtant que j'ai pensé: «Non, ce n'est pas trop tard, je vais vivre, je veux vivre!»

J'avais une balle dans le ventre et j'ai perdu énormément de sang. Tout rouge autour. Mais je ne me suis pas vue. Je sais que je me suis cogné le front sur le coin de la table basse en marbre en tombant sur le sol. Il n'a été que très légèrement fendu, pourtant le sang coulait de là aussi. J'en ai eu plein les cheveux. Même que lorsqu'on m'a lavé la tête, quelques jours après, je suis devenue rousse. Le sang est comme une teinture.

Ma mère m'a dit que cette couleur m'allait bien. Elle cherchait quelque chose à dire. Elle aurait tout aussi bien pu me parler de pistes cyclables ou de recettes de compotes. Je n'écoutais pas.

Les produits qu'on m'a administrés contre la douleur étaient extrêmement puissants. Je n'ai rien senti, mais je n'ai rien vécu non plus. Rien vu. Comme si j'avais nagé dans une piscine avec des lunettes égratignées. Ou comme si on m'avait plongée dans un pot de vaseline. Un peu ce que doivent ressentir, j'imagine, ceux qui prennent des drogues dures. Moi, j'ai trop voulu vivre pour vouloir être un jour quasi inconsciente.

Je veux rattraper chaque seconde perdue.

Ce n'est qu'aujourd'hui, après plusieurs semaines, que je réalise que j'ai failli mourir. Je n'ai jamais cru que ça m'arriverait. Je n'y pensais même pas. Plus tard, enfin, trop loin pour que j'y pense. J'ai peur à retardement.

Je suis très maigre et très blanche. On dirait même que les quelques taches de rousseur que j'ai ont pâli. Si je sortais, le contraste avec tout le monde qui est déjà bronzé serait épouvantable. Mais je ne sors pas. Puisque la seule chose dont j'aie envie, c'est de voir Martin. Et comme je ne peux pas le voir, à quoi ça sert d'avoir voulu vivre, alors?

Je voudrais replonger dans ma vaseline et ne plus en ressortir.

3 juin

Il fait beau et chaud. De ma fenêtre, je peux voir les bébés écureuils dans le nid bien caché dans l'arbre. Je ne pourrai jamais avoir d'enfants, maintenant. Je n'avais jamais pensé à ça. Je ne sais même pas si j'en voulais ou non. Pas d'opinion. Trop loin dans l'avenir. Je ne pense pas à l'avenir.

Oh comme je voudrais dormir! Dormir jusqu'à dix-huit ans. Je me réveillerais le jour de ma fête, je prendrais à peine quelques vêtements et je partirais en laissant tout derrière. Je couperais tous les liens. Ce serait juste, puisqu'ils m'ont coupé de Martin.

Que fait-il en ce moment précis? Si on pouvait seulement communiquer par la pensée! Ça, personne ne pourrait nous en empêcher. Je me concentre très fort, en sachant que ça ne donnera rien, mais j'essaie quand même. Qui sait? Si je suis vivante, c'est bien parce que je l'ai voulu. Enfin, c'est ce que les médecins m'ont dit.

Penses-tu à moi, Martin? M'aimes-tu aussi fort que moi je t'aime? C'est bizarre. C'est lorsque je pense à toi, lorsque je ne te vois pas que j'ai un noeud à l'estomac. Alors, sans que je m'en rende compte, tout disparaît autour de moi. Il n'y a plus ni murs, ni couleurs, ni rien. J'ai les yeux ouverts, mais tout s'efface. Je sens comme une paupière invisible qui se ferme. Comme dans un film lorsque l'image pâlit et fait place à la scène suivante.

Pendant quelques instants, je suis libérée de mon univers et j'entre dans un autre où tu me souris, Martin. Aucun décor, rien qu'un fond d'un blanc doux ou peut-être légèrement rose. Je peux presque te toucher, tellement tout cela paraît bien réel. Je m'avance, et mon coeur bat très fort. Pas dans le rêve, mais pour de vrai. Et c'est au moment où je vais vraiment t'atteindre que la réalité me tombe dessus comme une brique.

Tout réapparaît, les murs, le lit, le bleu ciel du plafond, les stores verticaux. La paupière invisible s'ouvre, et c'est aussi désagréable que quand quelqu'un allume un plafonnier alors qu'en dessous, on dort.

Qui sait si je ne m'approche pas réellement de toi? Sens-tu ma présence, Martin? Sens-tu un souffle de vent? Un frisson? Un signe que mon esprit et mon coeur te suivent en aveugles?

7 juin

Je me déplace relativement bien maintenant et je vais de ma chambre, à la cuisine, au salon. Mais j'ai encore très mal au ventre. Je lis un peu. Ce que je peux trouver d'intéressant dans la bibliothèque de mes parents. Une grande bibliothèque, avec des centaines de livres. Comment peut-on avoir tant lu et être aussi stupide? Aussi sans-coeur?

Ils ont toujours dit que la lecture ouvre

l'esprit. Il faut croire qu'ils parlaient à travers leur chapeau.

Si seulement j'avais une soeur, un frère à qui parler, ou qui me feraient rire. Martin me fait tellement rire! Et moi aussi, je le fais rire, alors que je ne m'étais jamais crue drôle. Parce que les gars disent que les filles ne le sont pas.

Pourtant, avec Martin, j'ai l'impression d'être follement amusante. Sûrement parce que je me sens bien avec lui, à l'aise. On ne fait pas de concours pour savoir qui fera la blague du siècle. Et puis, les mêmes choses nous font rire. Peut-être qu'on a tous de l'humour et qu'il faut juste trouver une personne qui a le même humour que nous.

Non. On n'en a pas tous. Mon père ne blaguait pas lorsqu'il m'a dit qu'il s'adresserait à la justice pour m'empêcher de voir Martin. Je ne l'ai pas cru jusqu'à ce qu'il le fasse. Et qu'il nous soit interdit par un juge de nous voir jusqu'à notre majorité. À cause de l'accident. Parce que Martin m'a fait un tort irréparable, ont-ils décidé.

Mais ce sont mon père, la justice, les juges qui me font un tort irréparable en m'empêchant d'avoir près de moi la seule personne qui puisse me redonner le goût de vivre! De rire! La seule personne qui puisse combler le grand trou qui s'est ouvert dans mon coeur.

C'était un accident. Rien qu'un accident. Martin ne m'a jamais voulu du mal! Mais pourquoi le père de Martin a-t-il laissé traîner son arme chargée? Un policier! Martin était certain qu'elle était vide. Et quand il l'a pointée vers moi, il ne faisait qu'une imitation très drôle de son père. Et le coup est parti.

Chapitre 5

Lundi: Eurêka!
(J'ai trouvé!)

Ce n'est pas que j'aie quelque chose contre l'amour, non. Le problème, c'est que j'ai toujours trouvé ça un peu niaiseux.

Je me souviens de la première fois où un gars s'est intéressé à moi. J'avais presque treize ans. Je sortais souvent faire un tour avec mon amie Annie. En fait, pour être vraiment honnête, je dois avouer que j'ai eu plusieurs amies, mais toujours juste une à la fois. C'est pour ça que je dis que je n'en ai pas beaucoup. Avec elles, c'est comme en amour, tiens: je me tanne vite. Je les laisse pour une nouvelle qui va mieux avec mon caractère.

Enfin, c'est comme ça que ça s'est toujours passé. Mais cette fois-ci, j'ai l'impression qu'avec Paulette, l'amitié va durer. Je ne sais pas pourquoi, c'est une intuition. J'adore avoir de l'intuition! Parce que ça ne s'explique pas. D'ailleurs, je ne supporte pas les gens qui ont des explications pour tout. Comme mon ancien chum.

Alors, Annie. Elle, elle était belle! Grande et déjà très bien faite et tout! À côté d'elle, avec mes tresses et mon toupet, j'avais l'air fraîchement sortie de la garderie.

Comme il fallait s'y attendre, le beau gars du quartier, un Polonais blond qui s'appelait Jacek, était amoureux d'elle. Moi aussi, je le trouvais beau. Mais c'est à peine s'il s'apercevait que j'étais là, avec Annie. J'aurais pu être son chihuahua que c'aurait été pareil. Ou mieux, il m'aurait gratté les oreilles, au moins.

En fait, un seul gars me regardait: il avait un nez de trente centimètres de long, des dents cariées et un oeil de verre mal aligné. Charmant.

Ce n'était pas sa faute, évidemment. Mais l'auriez-vous embrassé, vous? J'ai alors décidé que l'amour, c'était niaiseux. C'est toujours niaiseux quand on n'est pas amoureux ou que ceux qui nous aiment n'ont pas d'allure. Extrêmement, complètement, définitivement niaiseux.

Donc, je ne peux m'empêcher de trouver des petits côtés niaiseux au journal intime que j'ai trouvé. Les «penses-tu à moi, Martin?» et tout, c'est beau, mais il y a quelque chose qui sonne croche là-dedans. Je ne sais pas, moi je ne la connais pas, cette fille-là. Je n'ai pas la moindre idée de qui c'est. Je ne m'intéresse pas aux voisins. D'ailleurs, à part les airs bêtes d'à côté et la folle d'en haut, je ne connais personne.

C'est vrai, chaque fois que ma mère me dit qu'un voisin déménage, je lui réponds toujours: «Je ne savais même pas qu'il restait dans notre rue!» Ceux qui m'entourent m'indiffèrent. Ce qui fait que je pourrais vivre facilement n'importe où, puisque je n'ai besoin de personne, en somme.

Paulette m'a déjà dit que c'était pour me rendre intéressante que je faisais semblant d'être bien toute seule. Je ne sais pas. Mais si les autres me trouvent intéressante sans que j'aie à ouvrir la bouche ou à m'occuper d'eux, tant mieux. C'est mon petit côté baveux. J'adore être baveuse.

Quand je dis «croche», à propos du journal, c'est que j'ai de la misère à y croire.

Toutes les filles que je connais s'imaginent tellement de choses. C'est bien simple, un gars leur dit bonjour, et déjà elles se voient mariées avec lui. C'est juste si elles ne commencent pas tout de suite à faire les magasins de meubles pour choisir leur ensemble de salon-salle-à-manger-chambre-à-coucher et le tapis qui va avec!

Disons que je me méfie un peu. Je ne crois jamais les autres de toute façon. C'est impossible qu'ils vivent ce que moi, je n'ai pas encore vécu. Impossible.

Quoique, lorsque je regarde Paulette et Laurent, je sois bien obligée d'admettre qu'il y a un minimum d'amour là.

Quand il est arrivé hier soir, à minuit, elle l'a reçu comme si ça faisait dix ans qu'il était parti. Mieux! dix ans qu'il était prisonnier politique en Amérique du Sud! Plus souriante que ça, la bouche lui aurait fendu!

Le plus étonnant, c'est que lui est comme elle. Sa Paulette, c'est pas des farces! Chaque fois qu'il la voit arriver, c'est comme s'il avait une apparition. S'il ne se figeait pas sur place, je pense qu'il se mettrait à genoux devant elle.

Quand il est arrivé, donc, j'aurais été à cheval en Mongolie que je ne les aurais pas plus dérangés. J'aurais pu lire la Bible deux fois le temps qu'ils se sont embrassés. Un jour, ils vont rester pris, je suis sûre.

Ils ont dormi dans la cave. Ou pas trop, trop dormi, à voir la tête de Paulette, ce matin. Ce midi, plutôt: Laurent est parti se changer chez ses parents, et nous, on mange un club sandwich comme petit déjeuner.

En regardant la liste des invités de Paulette pour le party, je demande:

— C'est qui ça, Mathieu Lemieux?

— Oh!... c'est un ami de Laurent, un gars pas mal le fun. Muchel n'est pas levé?

— Ne change pas de sujet, Paulette Trudel.

— Quoi? Comment ça, changer de sujet?

— Innocente!

— Bon, c'est un beau grand roux aux yeux verts qui va au cégep avec Laurent. Un gars hyperintelligent! Et tu sais quoi?

— Je pense que oui, mais dis pour voir...

— Il n'a pas de blonde!

J'en aurais mis ma main au feu! Depuis qu'elle est en amour, elle essaie de trouver un chum à toutes les filles qu'elle connaît, dont moi. Sauf que je viens juste de *casser* avec mon chum. Tout juste depuis quatre mois. Et je n'ai pas encore eu le temps de m'en remettre.

Deux jours après que je l'ai eu quitté, il sortait déjà avec une autre. Ça donne un coup! Ça veut dire surtout qu'il ne m'aimait pas tant que ça s'il m'a remplacée si vite. Ou qu'il la voyait pendant qu'il sortait avec moi.

D'une manière ou d'une autre, ça signifie qu'il m'a raconté des histoires sur son amour. Vous auriez dû lui voir les larmes quand je l'ai laissé! Un vrai film! Ce qui m'enrage. Je le méprise maintenant. Ce qui ne me déplaît pas trop, en fin de compte. Car j'adore mépriser les gens.

Alors, j'ai l'impression que la mystérieuse auteure du journal s'imagine des choses. Que ça ne se peut pas que son Martin l'aime à ce point, à distance.

— Marie-Soleil! J'suis malade! J'ai le nez bouché! J'peux plus respirer! Viens vite, j'vais mourir!

Muchel se lève enfin. C'est vrai qu'il n'a pas l'air trop, trop en santé. Même que plus pâle que ça, on appelle le salon mortuaire, d'habitude. Il a mis son pyjama de flannelette, par 30°C.

— Viens ici que je te touche.

— T'es folle ou quoi? J'vais le dire à ma mère!

— Le front, Muchel. Je veux juste te toucher le front pour voir si tu fais de la fièvre.

Il s'approche, méfiant. Je ne sais pas ce qu'il s'imagine dans sa petite tête de protozoaire pas pubère, mais pour moi, il a lu des choses qu'il n'aurait pas dû lire.

— Mon Dieu, tu es bouillant!

— J'veux m'en aller chez nous!

— Tu ne peux pas t'en aller, ta mère est partie. Je vais te soigner, mon Muchel. Tu vas commencer par aller te recoucher au plus vite.

— J'm'endors pas.

— Fais ce que je te dis.

— J'ai fait ce que t'as dit hier. J'suis allé en bicycle, même s'il pleuvait. C'est de ta faute si j'suis malade. J'suis gelé! As-tu un manteau?

Pour une fois, le pauvre ti-chou a raison. Je l'ai convaincu de se recoucher, en lui laissant des bandes dessinées. Je l'ai recouvert de mon sac de couchage, avec lequel je peux dormir dehors l'hiver par -l0°C. Je n'ai jamais essayé, mais on ne sait jamais, ça pourra peut-être servir, lors de l'hiver nucléaire. Mais je ne veux pas penser à ça, parce que ça me rend malade et que pour une fois que mes parents sont partis, je veux en profiter.

J'ai mis le thermomètre dans la bouche de Muchel: 40°C.

— Qu'est-ce qu'on va faire, Paulette? Je lui donne de l'aspirine?

— Es-tu folle? On cherchait un moyen de s'en débarrasser, on l'a! Si on ne lui donne rien, ça va lui prendre le reste de la semaine à s'en remettre, ce sera parfait.

— Et s'il meurt?

Paulette hésite:

— Y a ça...

Elle réfléchit:

— On va lui faire une ponce. Quand ma mère a la grippe, c'est ce qu'elle prend.

Sa mère est antimédicaments. Alors, elle se fait chauffer du gros gin. Je ne vois pas en quoi ce serait meilleur pour la santé, mais enfin, ce sont ses affaires à elle. Il y a long-temps que j'ai renoncé à comprendre la logique des parents. Quoique ça semble assez simple. Ils ont tous la même théorie; c'est celle qui les arrange sur le coup.

Paulette revient du salon avec la bou-teille de gros gin.

— Je vais te le guérir, moi, ton cousin chéri, tu vas voir, ce ne sera pas long.

Elle sort la plus grosse tasse de l'armoire, celle sur laquelle c'est écrit: «Le café me rend fou.» Elle la remplit de gin et verse le tout dans un chaudron.

— Tu es certaine que c'est la bonne mesure, Paulette?

— C'est cette quantité-là que ma mère prend.

— Ah bon!

Elle met une cuiller de miel, du jus de citron et l'alcool chaud dans la tasse et me la tend pour que j'aille la donner à Muchel. Il la porte tout tremblant à ses lèvres:

— Ouache! C'est dégoûtant, ton affaire! Ça brûle! Ayoye! J'veux des petites pilules roses!

— Arrête de chialer et bois! Je n'en ai pas, des petites pilules roses. C'est pour les bébés naissants, à part ça.

Non, mais dans le genre chialeux, il est champion! Il était pareil en camping. «Ça pique! C'est froid! C'est mouillé! J'ai peur!» Plus bébé que ça, tu es encore dans les testicules de ton père!

Il a fini par accepter de boire sa ponce à petites gorgées.

À mon retour dans la cuisine, Paulette me tend le journal intime qu'elle a entrepris de lire, elle aussi:

— Je déteste les romans d'amour. Tous autant les uns que les autres. Mais ça, c'est ce que j'ai lu de plus beau, parce que c'est vrai.

— Tu trouves? Où tu es rendue?

— Où elle dit que Martin faisait une imitation de son père avec l'arme. Écoute, Solarium, tu verrais ça dans film et tu ne le croirais pas. Mais c'est arrivé pour le vrai, je trouve ça incroyable. Tu n'as pas idée de qui ça peut être?

— Non.

— Il faut absolument qu'on la trouve.

— Pourquoi?

— On peut peut-être faire quelque chose pour elle...

Paulette m'entraîne sur le balcon:

— On va passer la rue en revue.

Je veux bien, mais je ne connais personne.

On s'installe dans les deux chaises de jardin en bois blanc, héritées de ma grand-mère. Devant nous, il y a une suite de duplex. J'élimine l'extrémité nord de la rue, jusqu'au milieu, disons, car je ne vois pas pourquoi on aurait porté la boîte de vidanges si loin. Notre champ d'investigation consiste donc en l'extrémité sud, des deux côtés. D'abord, ce côté-ci.

— La maison du coin, on l'appelle la maison fantôme, puisqu'on n'y voit jamais personne.

— Éliminée.

— À côté d'elle, c'est une famille de juifs hassidiques.

— Ils ont une fille de dix-sept ans?

— Je crois. Mais ça m'étonnerait beaucoup qu'elle soit sortie avec un certain Martin dont le père est dans la police. Martin, c'est un prénom juif, à ton avis?

— Autant que Marie-Soleil ou Paulette. Ensuite?

— Ensuite, il y a la fille qui change de chum tous les ans. Le nombre de sofas qui sont entrés et sortis de là, tu ne pourrais pas le croire!

— Ma mère dit toujours qu'un homme, c'est comme un sofa. Quand ce n'est plus confortable, tu t'en débarrasses. Dans ce cas-là, j'aurais envoyé Yves aux vidanges depuis longtemps.

— Yves, le chum de ta mère?

— Oui. Pour moi, il a quelques ressorts défoncés dans la tête. Mais il faut croire qu'elle le trouve encore confortable. Ensuite?

— Ensuite, il y a la vieille dame qui s'assoit dehors avec son manteau, sa couverture et sa tuque même en été. Penses-tu que c'est elle?

Paulette pouffe de rire. Je continue.

— En bas, là, c'est un couple avec un bébé de deux ans. Un petit garçon beau comme tout qui adore écrapoutir tous les insectes qu'il voit.

Paulette prend un air de prof:

— C'est pas écrapoutiller, le verbe?

— Attends, j'écrapoutille ou j'écrapoutis... non, je crois bien que c'est écrapoutir.

On a toujours été très fortes en français. J'enchaîne:

— En face, comme tu vois, il y a un dépanneur. À côté, une famille grecque.

— Là?

— Il y a une fille de dix-sept ans, à peu près, mais ça m'étonnerait que ce soit elle parce qu'ils parlent anglais. Elle écrirait son journal soit en grec, soit en anglais, j'imagine.

— Il y a bien des chances.

— Ensuite, au deuxième en face, ce sont des nouveaux. Ils sont arrivés cette année.

Je ne les ai pas vus.

— Peut-être?

— Peut-être. En fait, la seule personne que j'ai vue entrer l'autre jour, c'est une femme d'au moins trente ans. La maison d'à côté avec des colonnes blanches, ce sont des Chinois qui l'habitent.

— C'est l'ONU, ta rue?

— Presque. En haut des colonnes, c'est quelqu'un que tu connais.

— Qui?

— Coco Petitcerveau*.

— Non!

— Oui!

— Il me semblait qu'il y avait une odeur de vidanges qui venait de là, aussi. Est-ce qu'il a autant de boutons que le printemps dernier?

— Plus de boutons que ça, tu gagnes une chirurgie plastique!

C'est ici que Paulette m'a signalé que pour quelqu'un qui dit qu'elle ne connaît personne autour, je me débrouille pas mal. C'est vrai que je ne les connais pas. Mais je les ai déjà vus, à l'épicerie du coin, par exemple. Ce n'est pas ma faute si j'ai une bonne mémoire visuelle. J'allais lui expli-

* Voir *Quatre jours de liberté*, chez le même éditeur.

quer que c'est vraiment désagréable, d'ailleurs, d'avoir une si bonne mémoire quand Muchel retontit sur la galerie.

— Batman!

On reste ahuries.

— Tassez-vous, les filles! Voici Batman!

Il saute sur nous, s'enfarge et tombe en pleine face. Il se met à rire.

— J'ai pas besoin d'aide! Batman se relève tout seul!

Une odeur de vieil alcool m'arrive au nez.

— Paulette! Il est soûl!

— On dirait, oui...

Il se relève, chancelant. Il a l'air fin, vraiment: il a mis les oreilles de Mickey Mouse de mon père et il se sert de mon sac de couchage comme cape. Dans le genre chauvesouris, ce n'est pas pire. Il se met à chanter en dansant comme quelqu'un qui a envie:

— Batman! Ta nan nan nan nan nan nan, Batman!

— Je pense qu'on est mieux de l'arrêter avant qu'il se jette en bas du balcon, suggère Paulette.

— Oui, je pense qu'on va aller te recoucher, hein, mon Batman?

— J'veux une ponce! J'veux une autre

ponce! Il se met à crier comme un malade.

Malade, il l'est pas mal, d'ailleurs. Je lui touche le front, il est toujours aussi brûlant.

— Paulette! On devrait peut-être l'emmener à l'hôpital.

— Non. On va faire la même chose qu'ils feraient à l'hôpital: on va le mettre sur un lit de glace. En as-tu en masse dans le frigo?

Muchel se met à rire comme un fou:

— Hé, les filles! Batman va vous danser un *rap*. Regardez-moi bien aller!

On l'a rattrapé juste au moment où il allait se péter le front sur le coin de la balustrade en fer forgé.

— O.K., ti-gars. On rentre, dis-je, en le poussant vers la porte.

— J'vais le dire à ma mère que vous m'enfermez! Je suis prisonnier. Au secours!

Il a crié assez fort pour qu'une femme qui passait ralentisse et nous regarde. J'étais un peu gênée. Comme enfin je réussissais à le pousser à l'intérieur, une voix retentit, venant de l'autre côté de la rue, du balcon du deuxième étage, juste en face:

— Jeanne!

Sur le trottoir, une femme d'environ trente-cinq ans a relevé la tête:

— Oui, Élisabeth?!

En haut, une fille d'environ dix-sept ans, maigre et d'une pâleur effrayante:

— Merci, Jeanne...

La femme s'est engouffrée dans une voiture annonçant de l'équipement informatique sous le nom de Micro Machine.

Élisabeth l'a regardée démarrer. Et Muchel a perdu connaissance.

Chapitre 6

Le journal intime 3

10 juin

Il pleut. S'il pouvait pleuvoir comme ça pour toujours, j'en serais contente. D'entendre les gouttes sur le toit me fait du bien, me calme. J'ai l'air très clame, bien sûr, car je ne bouge pas beaucoup encore. Mais à l'intérieur de moi, c'est comme une tempête qui n'arrête jamais.

C'est un vent violent qui souffle. Ça part de mon estomac et ça s'étend. Ça s'en va dans mes membres qui se raidissent même immobiles, et, puisque ça ne peut pas sortir, ça revient, ça s'en va dans ma tête, dans ma gorge. Ça s'arrête quelques instants dans ma bouche, dans mes mâchoires. Ça s'empare de mes dents qui se serrent et mordent mes joues. Ça veut sortir et, comme je bloque tout, ça souffle dans mes oreilles, et alors, j'ai mal.

C'est comme ça sans arrêt, une tornade qui va et vient brisant tout ce qu'il y a à l'intérieur, sans qu'il y paraisse. Puis soudain, une porte s'ouvre quelque part en moi, et la tempête se transforme en larmes. Et il pleut dans ma chambre des gouttes de haine, de révolte, d'ennui, de découragement devant ce maudit corps malade qui ne peut pas s'enfuir.

J'en veux à tout le monde, à la vie, à mon âge, à mes parents surtout! Chaque jour, je compte les heures qui me séparent de mes dix-huit ans, du moment où je leur échapperai! Chaque heure comme cent ans, chaque minute, l'impression que je n'y arriverai jamais.

Est-ce possible de souffrir plus que ça? Oui, bien sûr. Il y a le tiers monde qui a faim, et les animaux qu'on tue, et le reste de la planète qui meurt, une planète transpercée comme moi, mais de balles empoisonnées. Tous souffrent davantage. Tout est plus grave. Mais alors, pourquoi est-ce que ça me fait si mal en dedans?

Aujourd'hui, j'en veux même à moi-même d'avoir tant voulu vivre! Puisque ma vie n'est qu'une longue attente de quelque chose qui viendra dans deux mille ans. Toujours attendre. J'aimerais crier aussi fort qu'un train siffle. Mais les trains avancent, eux.

15 juin

Ma mère m'a offert un petit chat. Une petite chatte plutôt, rayée noir et blanc. C'est une toute petite boule qui tient dans ma main. Quand je dors, elle se couche dans mon cou. Elle est chaude et douce. Son poil ressemble plus à du poil de lapin qu'à celui d'un chat.

C'est le premier petit être que je peux aimer et serrer contre moi. C'est une chatte, mais je l'ai appelée Martin II. Ma mère n'a pas sourcillé, lorsqu'elle a entendu son nom. Mon père la déteste déjà.

16 juin

Martin II est toujours avec moi. Elle me suit, saute sur mes pieds, s'accroche à mes jeans, grimpe le long de mes jambes et me mord les doigts avec ses petites dents pointues. Elle se prend pour un gros lion, et ça me fait rire. C'est si rare que je rie.

Je suis sortie ce matin respirer un peu l'air de Montréal. Même l'odeur des autos m'a paru délicieuse, comparée à celle de mort qu'il y a chez moi. Tous les sachets de parfums du monde que ma mère place dans les tiroirs, dans les garde-robes, sur les meubles, toutes ses senteurs à elle ne couvrent pas l'odeur de prison. Ou plutôt deviennent synonymes de prison. Je ne me parfumerai plus jamais.

Mon père m'a dit de ne même pas songer à donner des rendez-vous à Martin en cachette. Dès que je serai assez rétablie pour sortir, il me fera suivre. Jeanne est certaine qu'il en est bien capable et me demande de le prendre au sérieux. Elle le connaît bien, puisqu'elle est sa soeur.

Cela la place dans une situation délicate. D'un côté moi, qu'elle aime et qu'elle veut aider, de l'autre son frère, qu'elle aime aussi. Elle ne veut pas choisir, et je ne lui demande pas ça. Elle m'apporte déjà des lettres que Martin poste chez elle. Je ne peux pas lui en demander plus.

Mes parents n'ont jamais aimé Martin. Parce qu'il n'est pas sérieux, selon leurs critères à eux. Parce qu'ils croient qu'il ne fera rien de bon, comme ils disent. «Un petit contestataire paresseux et flanc-mou.»

Et moi? Pour qui me prennent-ils? Que croient-ils? Que je ferai quelque chose de bien? Et qu'est-ce que ça veut dire, bien? Pour eux, ça signifie une profession, mais surtout de l'argent. La petite maison, la petite auto, le stationnement privé, le sous-sol fini et le câble. Si c'est ça qui est bon, je n'en veux pas.

Et Martin non plus. On veut plus que ça, on vaut plus aussi. Plus que leur vie à eux qui suit toujours un horaire précis, même dans ce qu'ils mangent! Les oeufs, le matin, c'est le samedi; les spaghetti, le lundi. Le cinéma, le mardi; l'épicerie, le jeudi soir. Et ce sera comme ça jusqu'à la fin des temps, sauf pour leur mois de vacances.

Ils ont décidé d'aller au Vermont en août. Je m'en fous du Vermont et de ses montagnes, et de ses sentiers de randonnée à travers les bois, et de ses lacs et de ses chutes et de ses petites villes typiquement Nouvelle-Angleterre.

Je m'en fous de leur vie, de leur monde si petit et si étroit où chacun fait comme l'autre. De leur monde pourri qui les tue lentement. Et ils se laissent mourir en souriant. Morts, morts, morts. J'ai failli mourir, mais je suis restée vivante. Pas eux.

Ils n'aiment pas Martin pour les raisons qui font que moi, je l'aime. Parce qu'il est vivant. Parce qu'il n'accepte pas leur monde comme un cadeau. Un cadeau plein de moisissures. Parce qu'ensemble on a envie d'autre chose qu'une routine qui se répète sans but.

Je n'en veux pas de leur petit bonheur! De leur photocopie trop pâle du bonheur. J'ai de la difficulté à croire que mes parents aient pu s'aimer, comme moi et Martin on s'aime.

Chaque moment qu'on a passé ensemble, c'était comme si le ciel s'ouvrait. Et que tout à coup, on voyait très loin, plus loin que le bleu sale au-dessus de notre tête. Au-delà du soleil et des étoiles.

Regarder Martin qui rit, c'est comme regarder un ciel étoilé à la campagne. Ça m'émerveille d'abord. Puis, je prends conscience de la grandeur de l'univers. Et puis, ça me fait peur. Parce que justement, c'est comme trop grand pour moi. Mon amour trop grand.

Je me demande si on peut aimer plus que ça? Mais plus que ça, il faudrait que mon coeur sorte de ma poitrine.

Quand je tiens la main de Martin, j'ai parfois la sensation de tenir le monde entier. Il est ma maison et je suis la sienne. Dans chacune d'elles brûle un feu pour l'autre.

Mes parents ne l'aiment pas parce qu'il brûle. Mais ils ne voient pas le feu que j'ai en moi.

21 juin

C'est le début de l'été. Le jour le plus long de l'année. Le jour le plus long de ma vie inutile.

22 juin

Le soleil a brillé sur moi aussi, hier!

Jeanne est venue, avec une lettre de Martin. Puisque je suis incapable de détruire ses lettres, j'ai demandé à Jeanne de les reprendre pour les mettre en lieu sûr, chez elle. Je commence à craindre qu'on fouille dans mes tiroirs. J'exagère peut-être, mais maintenant, j'ai l'esprit tranquille.

Hier, je les ai toutes relues trois fois chacune. J'ai dû les lire cent fois au moins! Mais la dernière, je l'ai copiée. Pour la lire, elle aussi, cent fois. Je suis certaine que mes parents auront la décence de ne pas ouvrir mon journal personnel.

La lettre de Martin

Élisabeth, mon bel amour.

Mes lunettes sont mortes. Eh oui! mes petites lunettes rondes que tu aimes ont pris hier le chemin de la poubelle, après que je me sois assis dessus. Qu'est-ce qu'elles faisaient sur le bord du bain? Et moi, qu'est-ce que je faisais assis sur le bord du bain? Je pensais simplement à toi.

Ça me prend comme ça, tout d'un coup.

Exemple. Je mange un blé d'Inde. Fatalement, il faut que j'aille passer le fil dentaire entre mes grandes dents de vampire. Je suis là, le fil pendant entre mes deux *palettes* d'en avant, et vlan! Ce n'est plus moi que je vois dans le miroir — embrouillé, puisque je n'ai pas mes lunettes sur le nez — mais toi!

Ton image apparaît, aussi bien que je puisse l'imaginer, une pâle esquisse de ce que tu es, en réalité.

Alors, où que je me trouve, je tombe assis, les yeux fixes, parce que si je les bouge, j'ai peur de perdre ton image. Je te vois me sourire, je vois le million et quart de taches de rousseur que tu as sur le nez, tes cheveux châtains un peu grichoux, et alors, j'essaie de t'attraper. Et je te perds.

J'ai donc eu une attaque de toi hier, dans la salle de bains, et je suis tombé assis sur mes fameuses lunettes!

D'autres fois, j'ai les yeux qui me piquent. J'ai beau les frotter, les examiner en me les sortant des orbites — tu devrais voir ça, c'est monstrueux pas mal — je ne trouve rien dedans. Je me dis que ce doit être toi. Tu es ma poussière dans l'oeil, car qu'importe l'endroit où je pose mon regard, je te vois.

Je suis allé à la SPCA me chercher un pauvre petit minou mité que j'ai sauvé de la mort. C'est toi que j'aimerais sauver, malgré ce que je t'ai fait. Mais on ne sauve plus les princesses. Surtout quand on est un chevalier avec peurs et reproches. C'est le temps qui nous sauvera tous les deux.

Si tu ne m'oublies pas, si tu ne cesses pas de m'aimer d'ici là. Tu es si extraordinaire! Et lorsque je suis avec toi, je me sens extraordinaire, moi aussi.

J'ai appelé mon minou Élisabeth II, même si c'est un matou. Il ne devrait pas y avoir des noms de filles ou de garçons. Juste des noms. Je vais faire rajouter Élisabeth à mon nom de baptême. Puisqu'on est pareils, tous les deux.

Élisabeth II — c'est joli, non? — mon minou est roux. Il a les yeux verts et passe sa vie les oreilles en ailes d'avion, puisqu'il ne pense qu'à jouer. Le plus drôle dans tout ça, c'est quand il court sur le côté et qu'il finit par un dérapage contrôlé. Sa petite tête n'a pas l'air de suivre, et il prend toujours au moins deux minutes pour réaliser ce qui vient d'arriver.

Je le flatte beaucoup. En pensant que ce sont tes cheveux que je caresse comme ça.

Sauf que toi, tu ne me mordrais pas comme lui le fait quand je le réveille. Tu m'embrasserais. Et ce serait plus doux que tous les poils de tous les chats du monde entier et de la planète et de l'univers au complet.

Je ne fais pas grand-chose. Je regarde la télé et je trouve ça stupide. On ferait tellement mieux, nous deux. Si tu veux, quand on sera enfin ensemble, on écrira des émissions super. Des émissions comiques? Tu serais tellement bonne là-dedans!

Ou on écrira des scénarios de films. Sans violence, sans tuerie, sans massacres. Et on gagnera tous les prix parce que ce seront les meilleurs films de tous les temps. Et sais-tu pourquoi ce seront les meilleurs de tous les temps? Parce qu'on les aura faits ensemble.

On fera tout ensemble, on ne se séparera plus jamais! On ira partout dans le monde, se baigner dans les sources chaudes d'Islande et faire le tour du Tibet à pied. Après avoir fait provision de quelques paires de souliers de course, évidemment. Et quand on aura fait le tour du monde, on s'installera dans un pays où il n'y a pas d'injustices, où les gens sont égaux, où il n'y a pas de pollution non plus. Si on en trouve un.

Et si on n'en trouve pas, on en inventera un.

Sans toi, j'ai le goût de ne rien faire. Tout ce que je voudrais, c'est te voir. Te raconter des histoires, te faire rire pour que tu guérisses au plus vite. Je te ferais manger à la petite cuiller et je te dirais à quel point je t'aime, Élisabeth.

Je n'aurais jamais dû toucher au revolver. Je le savais, pourtant. Il n'aurait jamais dû le laisser là, l'oublier là. Si on devient un jour premier ministre ensemble, nous bannirons toutes les armes, les vraies et les jouets. Pour qu'on ne puisse pas faire de mal à ceux qu'on aime. Ni à leur toutou préféré.

Je serai tellement doux avec toi, que tu finiras par me dire: «Décolle, achalant!»

J'aimerais me changer en oiseau et aller me poser sur le bord de ta fenêtre. Je te sifflerais des airs que tu aimes. Toute la journée. Et toi, tu caresserais mes plumes avec tes doigts doux. Ce ne serait pas aussi bien que de pouvoir te serrer dans mes bras, mais ce ne serait pas si mal quand même.

Je rêve du jour où on partira. On s'enfermera dans une chambre pour y rester une semaine, collés l'un contre l'autre, cachés pour que personne ne nous atteigne jamais plus. Après, il faudra probablement sortir manger parce qu'on va avoir faim, très certainement.

Oh! oh! Voilà Élisabeth II qui arrive comme un bolide. Boinks! Il vient de manquer son arrêt et s'est écrasé le nez contre ma commode. Je vais aller m'occuper de lui, au moins, puisque je ne peux pas m'occuper de toi.

Je t'aime, je t'aime, je t'aime, je t'aime, je t'aime, je t'aime. Le disque est fêlé à cet endroit et le restera pour toujours.

Martin

Chapitre 7

Mardi: Veni, vidi, vici
(Je suis venu, j'ai vu, j'ai vaincu)

Ce n'est pas que le mauve ne lui aille pas bien du tout. C'est juste que c'est une couleur de peau qui n'annonce rien de bon, d'habitude. Or donc, Muchel retrouve peu à peu sa couleur normale. Je crois que ce n'était pas vraiment une bonne idée, la glace, en fin de compte.

On en a mis dans des sacs en plastique et on en a entouré Muchel. Il a chialé au début en criant que c'était froid, mais bon, il fallait faire quelque chose si on ne voulait pas que l'alarme du détecteur de fumée se déclenche, tellement il était brûlant.

Vers 19 heures, quand on est entrés le voir, il était gelé comme une barre et avait l'air d'un popsicle aux raisins. La glace avait fondu et coulé sur le lit et sur le tapis de Turquie de ma mère. Quand on marche dessus, c'est tellement mouillé que ça fait schlock, schlock, schlock! Ma mère a beau dire qu'elle n'est pas attachée aux biens matériels, son tapis n'en fait pas partie. C'est plutôt une entité vivante dont elle prend soin comme d'un bébé, en fait.

On a donc couché Muchel par terre, près d'une plinthe chauffante qu'on a allumée même si on est en juillet. Il n'a même pas protesté: il faut qu'il soit malade vrai.

Ensuite, Laurent, Paulette et moi avons passé la soirée ensemble à regarder des films vidéo. Sauf que Paulette et Laurent avaient l'air de se croire au cinéma parce qu'ils se sont mis à *necker.* Y a-t-il quelque chose de plus achalant qu'un gars qui veut t'embrasser pendant les meilleurs bouts du film? Il y a tellement de séquences plates, pourtant! Mais les gars, ça ne choisit jamais le bon moment.

On est allés manger une crème glacée, mais ils étaient pressés de rentrer. Je les ai renvoyés au sous-sol en refermant bien la porte. Paulette dit que je suis trop prude. Peut-être. J'adore qu'on pense que je suis prude. Comme ça, je ne me fais pas achaler.

J'ai remis Muchel au lit; c'est à peine s'il a émis un petit gémissement. Je me suis demandé s'il n'était pas dans le coma: il faut croire que ça ne m'a pas trop préoccupée parce que je me suis endormie là-dessus.

Ce matin, il dormait paisiblement. Je ne l'ai donc pas réveillé, pour une fois qu'on avait la paix. Et je n'ai pas perdu de temps. À 10 heures, je cherchais dans les pages jaunes le numéro de téléphone de Micro Machine. Miracle! Il était là. J'ai appelé en demandant simplement: «Jeanne, s'il vous plaît.» On a répondu: «Un instant.»

Le temps qu'elle vienne à l'appareil, le coeur s'est mis à me débattre, et mes mains sont devenues toutes mouillées. J'ai répété cent cinquante fois au moins la phrase sur laquelle on s'était mis d'accord, Paulette et moi. «Vous êtes bien Jeanne, la tante d'Élisabeth qui reste rue X? Je suis la voisine d'en face et j'aimerais vous rencontrer à son sujet.» Puis, elle a enfin pris le téléphone:

— Allô?

— Bonjour, euh!... Vous êtes bien Élisabeth, la tante de Jeanne?

Là, je me suis trouvée niaiseuse!

— Pardon? Qui est à l'appareil? a demandé Jeanne.

Je lui ai expliqué qui j'étais. Je me suis excusée de mon erreur et je lui ai dit que Paulette et moi, on voulait la voir au sujet d'Élisabeth, que c'était très important, urgent même.

Elle a hésité, puis elle nous a enfin donné rendez-vous à midi. Je la comprends d'avoir hésité. Car elle ne nous connaît pas, et qui sait si elle n'imaginait pas qu'on était des vendeuses de je ne sais pas quoi. De fait, on veut lui vendre notre idée, mais ce n'est pas la même chose.

Nous sommes donc assises dans un *delicatessen* du centre-ville, attendant que Jeanne arrive. On gèle parce que c'est climatisé et qu'on est en short. Même que, plus gelé que ça, tu vires en *Mr. Freeze.*

— Tu penses qu'elle va accepter, Solarium?

C'est très rare que Paulette doute. Enfin, elle ne le montre pas.

— Il va falloir la convaincre. Mais je ne vois pas pourquoi elle dirait non. Après tout, on ne lui demande pas grand-chose.

La porte d'entrée s'ouvre, et Jeanne apparaît. Elle me plaît. Parce qu'elle porte des vêtements que je porterais moi aussi, même si elle semble avoir plus de trente-cinq ans. Plus que le double de mon âge. Presque au bord de la tombe.

On lui fait signe. Elle s'approche et nous sourit. Je vois tout de suite qu'elle a des couronnes aux dents d'en avant. Je me demande si on appelle ça des couronnes, parce que ça coûte une fortune?... Jeanne s'assoit:

— Alors?

Je fais les présentations et je commence:

— Eh bien, voilà! On sait tout.

— Tout? Quoi tout? demande-t-elle, étonnée.

— On a trouvé le journal intime d'Élisabeth. On l'a lu et on sait ce qui est arrivé, je veux dire l'accident, et le fait que Martin et elle n'ont plus le droit de se voir jusqu'à leur majorité et tout.

— Elle a jeté son journal... Mais comment l'avez-vous eu?

— Le fond de la boîte de vidanges a cédé et il traînait. Je l'ai ramassé parce que c'était écrit en allemand sur la couverture — j'étudie l'allemand — et je l'ai lu, et Paulette aussi l'a lu, et on sait que vous êtes amie avec Élisabeth et on s'est dit que vous étiez la seule personne qui pourrait nous aider dans notre projet.

Le serveur arrive. Jeanne commande un *smoked meat*:

— Quel projet?

Paulette enchaîne:

— Voilà. On a été très émues par l'histoire d'Élisabeth et on fait un party vendredi.

— Quel est le rapport?

— On voudrait inviter Élisabeth.

— Pourquoi vous adresser à moi, alors? C'est à elle qu'il faut le demander.

— Oui, on va l'inviter, elle. Mais elle ne nous connaît pas et elle va peut-être refuser. Il faudrait que vous puissiez la convaincre de venir.

— Pourquoi?

— Parce qu'on veut lui faire une surprise.

Je prends la relève:

— Oui. Et c'est là qu'on a encore besoin de vous. Il faut que vous nous donniez le numéro de téléphone et l'adresse de Martin. Parce qu'on veut l'inviter, lui aussi.

Jeanne reste muette et se concentre, on dirait, sur la frite qu'elle trempe dans le ketchup. Elle joue tellement avec, qu'elle ne sera pas mangeable tantôt. Puis:

— Vous voulez réunir Martin et Élisabeth... Il y a une ordonnance du tribunal, vous savez.

J'ai ma réponse toute prête:

— Oui, mais Élisabeth ne saura pas que Martin sera là! Et Martin non plus, on va trouver un prétexte pour qu'il vienne.

Paulette ajoute:

— Ce sera une belle surprise, n'est-ce pas?

Hésitante, Jeanne répond:

— Oui, ce serait une magnifique surprise.

Elle hésite encore, argumentant avec elle-même comme si on n'était pas là. Ni Paulette ni moi n'osons dire quoi que ce soit. On dirait qu'il fait de plus en plus froid. Elle finit lentement son sandwich, s'essuie la bouche avec sa serviette de papier, croise les bras:

— C'est d'accord.

Elle nous a fait promettre que Martin entrerait par derrière, et non par la porte principale. Et elle a enfin perdu toute sa méfiance quand elle nous a reconnues.

— C'est vous deux qui étiez sur le balcon d'en face, hier? Avec le garçon qui portait les oreilles de Mickey sur la tête?

Je lui ai dit que Muchel faisait toujours le clown. Au cas où elle changerait d'idée si elle savait qu'on l'a rendu malade.

Muchel qu'on a laissé seul à la maison, endormi.

Jeanne est repartie après nous avoir laissé toutes les informations qu'on lui avait demandées. Nous avons grimpé sur nos bicyclettes et nous sommes retournées à la maison.

Collée sur la porte, nous attendait une note de Muchel: «Je pars, adieu! Je tiens à la vie!» Et au coin de la rue, on l'a vu qui s'éloignait, sa valise à la main, une pantoufle mauve dans un pied et une vert fluo dans l'autre.

Chapitre 8

Mercredi: Macte animo!
(Bon courage!)

Liste pour vendredi

- Chips: ordinaires et barbecue
- Bretzels
- Boissons gazeuses
- Noix mélangées
- Bière
- Faire de la glace
- Demander à Pascal d'apporter ses cassettes
- Descendre le stéréo au sous-sol
- Bas jaunes pour aller avec ma jupe plissée

Paulette pose son crayon:

— Solarium? As-tu des serviettes de papier ou est-ce qu'il faut que j'en achète?

Je lui crie, de la chambre de Muchel:

— On prendra des kleenex!

Puis, à Muchel qui boude, la morve au nez:

— Vas-tu te sauver encore, là? Il faut que je sorte.

— Tu peux être sûre que oui!

— Tu es encore fiévreux, tu ne peux pas.

— Certain que je peux! J'suis tanné de me faire torturer. J'veux m'en aller chez ma tante Jacqueline!

— Parfait! Elle reste où ta tante Jacqueline?

— À Vancouver!

— En Chine, tant qu'à y être! Oublie ça pour tout de suite. Veux-tu écouter un film de monstre qui mange plein de monde, hein?

— Y a du sang, au moins?

— Quand tu mets la cassette, ça dégoutte sur le tapis!

— O.K. d'abord. Mais j'm'en vais après.

On a failli se faire arrêter pour brutalité, hier, tellement Muchel s'est débattu. On a bien essayé de le convaincre de retourner à la maison sagement, mais il s'est mis à gesticuler comme un fou et à crier: «Au secours!» Un peu gênant, merci!

Pour l'amadouer, Paulette lui a promis que Laurent irait jouer au baseball avec lui quand il serait tout à fait guéri. Ça l'a calmé. Sauf qu'à mon avis, c'est Laurent qui va faire une crise lorsqu'il l'apprendra. Mais ça ne durera pas: si Paulette lui demandait de se promener tout nu à -20°C, il le ferait, je pense. Plus amoureux que ça, tu fais de l'ombre à Roméo!

— Bon, Muchel sera tranquille pour une bonne heure, dis-je à Paulette en me préparant.

— Tu es certaine qu'on n'est pas mieux de l'attacher?

— Ce serait l'idéal, mais ça ne se fait pas.

Paulette va faire les achats pour le party de vendredi avec Laurent. Moi, j'ai hérité de Martin.

Comment inviter, à un party que vous faites, quelqu'un que vous ne connaissez pas, et qui ne connaît probablement personne qui y sera? Sans lui dévoiler la surprise? J'ai retourné la question dans ma tête toute la nuit. Et en appelant ce matin, j'ai joué la seule carte qui s'offrait à moi: j'ai dit que j'étais une amie d'Élisabeth et que je voulais lui parler.

Quand j'ai dit Élisabeth, c'est comme si j'avais dit: «Sésame, ouvre-toi.» Un mot magique. Je vais donc le voir.

Je roule vers l'est, à bicyclette. C'est loin, chez Martin. Je suis la rue Sherbrooke et, comme d'habitude, plusieurs chauffards me coupent en riant. Ils trouvent ça drôle. Il faut mener une vie plate rare pour s'amuser à couper le monde qui pédale.

Je passe devant le Jardin botanique, le Jabo d'Élisabeth. Je roule devant le Parc olympique, le golf. Tiens! Une école secondaire: Marguerite-de-Lajemmerais. Non, mais je me demande qui choisit les noms! D'abord, c'est qui Marguerite machin? Je ne le sais pas, je ne le saurai jamais et je m'en fous complètement. Ce doit être l'école que fréquentait Élisabeth, puisque c'est la seule qui soit proche du Jardin.

Je pense en fait à n'importe quoi en roulant, parce que ça m'énerve de répéter encore et encore les mensonges que je dois raconter à Martin.

Non pas que j'aie des scrupules à raconter des histoires. Même que je suis assez bonne menteuse. C'est un de mes talents, c'est une bonne chose d'ailleurs, car il semble qu'avec ça, je pourrai bien me débrouiller dans la vie. C'est ce que tout le monde dit. Alors, je devrais normalement mentir de moins en moins. C'est mon petit côté esprit de contradiction. J'adore faire le contraire de ce que les autres font et disent.

Je tourne finalement dans une petite rue où toutes les maisons sont pareilles. Petites briques jaunes, petits balcons en fer forgé, petit stationnement en pente, tout ce que Martin déteste en fait. Je dois dire que c'est assez laid, merci. Parce que c'est tout pareil.

J'arrive, je sonne. Un grand maigre ouvre:

— Marie-Soleil?

— Hum, hum!

— Tu as l'air essoufflée, rentre!

— Essoufflée? Je comprends! On dirait que je viens de faire le tour de l'île quatre fois. Tu aurais dû me dire que tu restais presque en Russie!

J'ai dit ça en riant, histoire de détendre l'atmosphère, de le mettre en confiance, pour qu'il accepte de venir vendredi. Il n'a pas ri. Ça te met une fille à l'aise...

Il est tout à fait comme Élisabeth l'a décrit, lent dans ses gestes, sa démarche.

Même qu'il parle lentement en plus! Plus lent que ça, tu te fais tirer par des tortues!

Mais il est beau. Super beau. Elle est chanceuse, Élisabeth, d'être adorée par lui. Chanceuse malgré tout. Justement hier, dans mon lit, je me disais que je ne détesterais pas ça, en fin de compte, être malade, enfermée et aimée. Et aimer aussi. C'est romantique. Mais je suis en pleine santé et libre complètement, l'ennui, en fait.

Dans toute cette lenteur, je sens l'impatience de Martin qui veut savoir ce que je fais ici. Il ne faut pas lui faire de fausses joies. Il s'est peut-être imaginé que je lui apportais quelque chose d'Élisabeth.

— Voilà, euh, est-ce que je peux avoir un verre d'eau?

Il m'en sert un. Je le vide.

— Je suis venue pour t'inviter à mon party de vendredi.

Ça n'a pas l'air de l'enchanter tellement.

— Bien, c'est parce que voilà, je suis une amie d'Élisabeth — en fait, je reste en face — et je lui ai dit que je faisais ce party et elle a suggéré que je t'invite parce qu'elle pense que ça te fera du bien de sortir.

— Élisabeth ne m'a jamais parlé de toi... dit-il, méfiant.

— Euh, non hein, c'est parce que je suis une nouvelle amie, on parle quand elle sort sur le balcon, tu vois, vu qu'elle est toujours chez elle, et que moi, bien, je ne sors pas trop, trop... tu sais comment c'est, il n'y a rien de plus ennuyant que les vacances d'été, j'ai assez hâte de travailler, je...

Son visage s'illumine soudain, tout plein d'espoir.

— Élisabeth sera là?

Allez, la grande menteuse!

— Euh non, tu sais, elle n'est pas bien, elle ne peut pas sortir, et puisque tu seras là, c'est risqué de toute façon, tu comprends?

— Et qu'est-ce que j'irais faire là, Marie-Soleil? Je ne connais personne et je n'ai envie de voir personne de toute manière. Non, merci.

— Euh, Élisabeth m'a demandé d'insister pour que tu viennes...

— Et pourquoi donc?

— Parce qu'elle dit que juste de savoir que tu seras là, en face, si près d'elle, ce sera un peu comme si elle te voyait. Et puis, peut-être qu'elle pourra te voir, à la fenêtre, chez moi. Elle en serait très heureuse, tu sais. Et puis, ce serait le plus beau cadeau que tu puisses lui faire.

Pas si pire, Solarium.

— Elle a dit ça? Mais de la voir à la fenêtre, c'est le plus beau cadeau qu'elle puisse me faire!

Bon, on se croirait à Noël avec leur échange de cadeaux! La phrase qui m'est venue en tête, c'est: «Ça va faire, la poésie là, tu viens-tu, oui ou non? Déniaise!» Mais j'ai seulement demandé:

— Alors?

— À quelle heure?

Parfait. Une bonne chose de faite. Par contre, je manque de courage pour refaire la moitié du globe jusque chez moi, mais puisqu'il le faut... Et puisque ça me fait des belles jambes. Juste avant d'enfourcher ma bicyclette, j'ajoute:

— Oh! Justement, vendredi, on repeint les balcons chez moi. Il va falloir passer par la ruelle. C'est facile à trouver, c'est la cour où il y a des tournesols de deux mètres!

Je n'ai rien contre le fait que mes parents en plantent: c'est juste que je déteste ça, écaler les graines.

Quand je suis arrivée chez moi, Muchel en était à son troisième film de monstres. La vue du sang l'apaise, il faut croire.

Chapitre 9

Le journal intime 4

19 juillet

Je n'aurais pas dû jeter mon journal inti-me. Je m'ennuie déjà d'écrire. Je l'ai jeté dans un moment de rage. Tout d'un coup, j'ai eu envie d'en finir avec tout ça, avec cette histoire de fou. Comme si de me débarrasser du journal me ferait oublier la situation qui devient de plus en plus inte-nable à mesure que je prends du mieux. C'était nono. J'en commence donc un autre.

Engueulade avec mon père au sujet de Martin II. Il veut le faire dégriffer, je refu-se. Ce serait comme l'amputer. Comme il m'a amputée d'une partie vitale de moi-même, Martin.

Pour une fois, ma mère est intervenue. Habituellement, elle a peur de mon père. Il n'a jamais été violent physiquement. Mais il est tellement catégorique, il a une telle autorité, que c'est presque pire. Il n'accepte pas que les autres soient différents de ce qu'il veut qu'ils soient.

Comment ma mère fait-elle pour vivre avec un homme dont elle a peur? Moi, je partirai bien un jour, mais elle? Je n'accepterai jamais une telle chose, je n'accepterai jamais d'avoir peur.

C'est aussi pour ça que j'aime Martin. Parce que c'est la douceur même, le contraire de tous les petits machos. Et il ne fait jamais semblant d'être bête avec moi, comme j'ai vu souvent les autres gars le faire avec leur blonde, juste pour impressionner, pour montrer qu'ils commandent.

Personne ne me dominera, surtout pas mon père. Car en me gardant prisonnière, il me perdra à tout jamais. Je ne dominerai personne non plus. Pas de plus fort, pas de plus faible, entre Martin et moi. Juste deux personnes qui s'aiment, d'égal à égal.

20 juillet

Il est arrivé quelque chose de bizarre, hier soir. La voisine d'en face, Marie-Soleil, à qui je n'avais jamais parlé — je n'ai parlé à personne depuis que nous avons déménagé ici —, est venue me voir. Comme ça, pour m'inviter à un party demain. Moi!

C'est gentil à elle, mais qu'est-ce qu'elle veut que j'aille faire là! Je ne connaîtrai personne, et ça ne m'intéresse pas du tout de rencontrer du monde, de toute façon. La seule personne que j'aie envie de voir, c'est Martin. Elle a beaucoup insisté, ce qui est étrange de la part de quelqu'un qui ne me connaît pas.

«J'ai pensé que ce serait une bonne occasion de faire connaissance. Je te trouve sympathique», a dit Marie-Soleil.

Moi, sympathique? Je suis tellement triste et renfermée, et j'en veux tellement au monde entier que je suis loin d'avoir l'air sympathique. Si j'en avais la force, j'essaierais même, je crois, d'être tout à fait désagréable avec mon entourage. Sauf avec Jeanne. J'en aurai la force, bientôt, et ils me détesteront autant que je les déteste tous. Et peut-être qu'ainsi, ils me mettront à la porte avant l'année prochaine.

Plus tard, vers 20 heures

Jeanne est venue faire un tour, m'apportant un beau cahier blanc, comme si elle savait que j'avais jeté mon journal. Il y a des contacts qui se font comme ça, sans qu'on s'en rende compte. Une intuition? De la télépathie?

Je lui ai parlé de l'invitation. Contre toute attente, elle a insisté pour que j'y aille. Ça aussi, c'est étrange. Qu'est-ce que ça peut bien lui faire? Elle a insisté comme si c'était absolument vital pour elle, comme si elle savait mieux que moi ce qui est bon pour moi. Et si je ne veux pas y aller, moi?!

Chapitre 10

Vendredi: Ad vitam aeternam!
(Pour toujours!)

Ce n'est pas que j'aime particulièrement la décoration de la maison. C'est juste que je n'aime pas voir pleurer ma mère. S'il fallait qu'on casse n'importe lequel des souvenirs qu'elle a achetés dans la belle province — une baleine en céramique ou des bleuets en verre, pour ne nommer que ces deux horreurs-là —, s'il fallait! Elle ne s'en remettrait pas.

Je ne déteste pas une bonne chicane de temps en temps avec elle: ça me donne des raisons pour claquer les portes, ce que j'adore. Mais quand elle pleure, ça me fait de la peine, je fléchis. Ce qui ne m'arrange pas parce que j'adore être fâchée.

Je me demande donc ce qui devrait être rangé pour ce soir. Au cas où. À commencer par la chatte qui panique raide du moment qu'il y a plus de six personnes dans la maison.

On dirait qu'elle sait compter. À six personnes, elle reste sur le sofa, pliée en deux comme un oreiller trop mou, à se lécher partout. Dès qu'une septième personne apparaît, elle disparaît dans mon lit, sous les couvertures. Ça fait une grosse bosse où elle est cachée. Et elle s'imagine qu'on ne la voit pas. C'est niaiseux quand même, un chat.

Bref, elle se débrouillera bien toute seule. Mais toutes les bebelles de mes parents? Si je commence à les ranger, il ne restera plus rien dans la maison. Si ce n'était que de moi, je serais ravie de débarrasser le plancher de toutes ces quétaineries-là. Mais d'après mes calculs, le plancher devrait s'effondrer bientôt, réglant ainsi le léger problème de surcharge.

Et puis, il y a Muchel. Non content d'avoir été malade toute la semaine, il faut qu'il soit en pleine forme ce soir! Quand je disais que c'est une calamité pour moi! Ç'aurait été parfait qu'il passe la soirée couché, à moitié inconscient: on ne l'aurait pas eu dans les jambes et d'un, et on aurait pu lui faire croire qu'il était entré en pleine crise de fièvre jaune et qu'il s'était imaginé assister à un party et de deux.

Bien non! Finie, sa maladie. Malgré nos efforts en ce sens, il n'est pas comateux ni délirant. C'est dommage parce que c'est vraiment quand il se trouve dans un état lamentable et désespéré que je commence à avoir de l'affection pour lui.

Il est maintenant détestable, c'est-à-dire dangereusement en forme. Il faudra donc mettre à exécution l'étape A du plan d'urgence: lui faire faire quelque chose qu'il ne voudrait pas que sa mère apprenne.

Parce que, quand elle n'est pas de bonne humeur, la Liette, tu es mieux d'être loin. Elle devient enragée, tellement enragée même que tu es mieux d'appeler le vétérinaire!

Il est seulement 14 heures, et Paulette a déjà passé une heure dans son bain. Elle aime ça être prête de bonne heure. Laurent est reparti chez lui. Il a intérêt à plonger dans son bain à lui tout de suite s'il veut faire disparaître d'ici ce soir l'odeur d'essence qui l'entoure comme s'il était lui-même une auto.

Quel genre d'auto serait-il? Je dirais une grosse américaine. Paulette? Un bulldozer. Moi? Une allemande puissante et rapide, juste pour le plaisir de dépasser tout le monde. Et Muchel? Une auto tamponneuse, tiens.

Bref, après mon bain à moi, on va remplir la baignoire de bière et de boissons gazeuses. Pas les moyens d'acheter de l'alcool fort et puis, personne à peu près n'en boit. Il faut que je pense tout de même à fermer le bar de mes parents. Au cas où.

Il pleut à verse. C'est parfait. Comme ça tous les voisins, les pauvres qui n'ont pas de chalets — comme nous —, vont rester enfermés chez eux. On passera presque inaperçus. N'allez pas penser que mes parents sont des tortionnaires d'un autre siècle, non; mais comme tous les gens qui vieillissent, ils s'imaginent que leurs enfants sont soit des victimes, soit des irresponsables.

Ils adoreraient que je fasse un party quand ils sont là. Ils ne mettraient pas leur nez au sous-sol, pas une seconde. On pourrait être tous tout nus qu'ils ne s'en rendraient pas compte. Sauf que le fait de savoir qu'ils seraient là me déplaît. Ce n'est pas que je ne les aime pas, mais parfois, j'ai honte d'eux.

Si je ne leur ai rien dit, c'est que de loin, ils pourraient s'imaginer qu'on va faire un party de démolition ou une orgie quelconque. Parce que c'est toujours arrivé à l'ami d'un gars qui sort avec une ancienne fille du bureau qui est restée amie avec une autre qui travaille encore là et qui raconte toute l'affaire. Vous voyez le genre. Alors, pourquoi les inquiéter? Ils ont certainement assez de problèmes comme ça avec les mouches noires.

C'est sûr que c'est un risque. Mais enfin, je ne vois pas du tout quelle catastrophe pourrait me tomber dessus ce soir.

— J'vais le dire à ma mère! Si tu m'fais pas tout de suite un sandwich au beurre d'arachide et bananes, j'vais le dire à ma mère que tu fais un party en cachette!

Voilà le petit morveux de Muchel qui fait du chantage.

— À ta place, Muchel, je ferais attention à ce que je dis.

— Arrête de m'appeler Muchel. Pis quoi? Tu vas me rendre malade encore, peut-être?

— Je n'ai jamais dit ça.

— Si tu m'tues, tu vas aller en prison!

— Arrête tes niaiseries!

— T'es bête! T'es pas fine! T'es méchante avec moi! J't'aime plus, Marie-Soleil!!

Le voilà qui fait son cinéma. La prochaine chose dont il va me menacer, c'est de se suicider. Calmons-le.

— Veux-tu du beurre dans ton sandwich?

— Ça d'épais! Mets-en, c'est pas de l'onguent!

Il se met à rire comme s'il avait inventé la farce du siècle. Le téléphone sonne. Paulette va répondre en soutien-gorge. Muchel la voit et se retrouve paralysé, tétanisé, comme s'il venait d'être frappé par un laser martien.

— Je vais le dire à ta mère que tu regardes les filles en soutien-gorge.

Ses oreilles sont devenues tellement rouges que j'ai pensé tout de suite appeler Urgence-Santé.

— Catastrophe! crie Paulette en arrivant dans la cuisine et en se postant à côté de Muchel. Il passe alors au blanc.

— C'était Jeanne. Elle dit qu'elle a bien essayé, mais qu'Élisabeth ne veut pas venir.

— Elle m'énerve! Elle n'est pas tannée

de souffrir, des fois?

— Mets-toi à sa place, Solarium...

— Justement, à sa place, j'aurais sauté sur l'occasion!

— Menteuse! Tu détestes ça, toi, un party.

— C'est vrai. Mais j'adore me sentir obligée d'y aller!

— Tu es maso un peu.

— C'est probablement à cause du camping.

— De quoi?

— Ce serait trop long à expliquer.

Muchel commence à se balancer sur sa chaise, fixant Paulette comme quelqu'un qui n'a pas toute sa tête.

— Tu veux aller la voir, Paulette?

— Pourquoi moi?

C'est alors que la chaise de Muchel se renverse, avec lui qui va se cogner la tête sur le plancher en bois franc.

— Pourquoi toi? Parce qu'il faut que je m'occupe de lui encore!

Paulette refuse:

— On n'est quand même pas pour aller la chercher par la main! Tant pis. C'est dommage pour elle. Tu es sûre qu'il est normal, ton cousin?

Muchel reste là, la tête aux pieds de Paulette, la regardant avec un grand sourire épais aux lèvres. Plus épais que ça, tu vires en crème 35 %.

19 heures

Le premier qui arrive, c'est Martin. Il est pressé rare d'aller s'asseoir devant la fenêtre! Il est très poli, très lent comme de coutume et après quelques mots sur la pluie, il est allé se poster à la fenêtre de la chambre d'en avant, sans bouger. Il a l'air d'une plante en pot! Je suis déçue pour lui.

Ding dong!

Voici Isabelle et Frédéric, en train de se chicaner.

— Tu nous as fait descendre un arrêt trop tôt, et il pleut! se plaint Isabelle.

— Parce que tu m'avais dit que c'était près de Villeneuve!

— Tu n'es pas toujours obligé de me croire! Salut, Marie-Soleil.

Quinze secondes plus tard, la chicane était déjà finie, et ils se tenaient par la main en se donnant des becs. Pour moi, ils se chicanent tout le temps juste pour se réconcilier ensuite.

Après, Noël a fait son entrée tout seul, comme d'habitude, parce qu'il préfère les ordinateurs aux filles. Puis, c'est au tour de Pascal, avec une nouvelle, Pascal le plus beau gars de l'école qui change de blonde toutes les deux semaines. Un gars facile.

Puis Ginette Dubé avec un soupirant à ses pieds, Ginette qui fait rêver tous les gars avec ses longs cheveux blonds. Puis Martine Laurendeau, une fille ordinaire, c'est-à-dire qu'elle porte des broches. Puis plein de monde que je connais à peine, mais que Paulette a invité. Dont le Mathieu Lemieux qu'elle voulait me présenter: dans le genre insecte, c'est un beau spécimen!

C'est fou le nombre de personnes que Paulette connaît. Finalement, je trouve que c'est un avantage parce que moi, je n'ai pas à faire l'effort d'en rencontrer et d'être gentille, et tout et tout.

Muchel s'est mis sur son trente-six, c'est-à-dire qu'il s'est affublé d'une cravate. Avec sa face rouge, il a l'air d'un thermomètre, car il arbore un rouge permanent à regarder les filles qui arrivent une par une. Pour moi, sa maladie l'a fait vieillir. C'est peut-être ça d'ailleurs, l'adolescence chez les gars, une fièvre qui dure cinq, six ans.

Laurent ne sent plus du tout l'essence: il pue la lotion après-rasage. Paulette va de l'un à l'autre comme si elle était chez elle. Elle se sent chez elle partout. Alors que moi, je commence à me sentir étrangère même chez moi: j'adore ça.

Ding dong!

Une odeur de mouffette envahit le portique. Coco Petitcerveau se tient là, avec son air habituel de poisson pas frais.

— J'peux-tu rentrer?

Difficile de dire non. Moi, Coco, je ne le connais pas bien. S'il veut venir même s'il n'est pas invité, ça ne me dérange pas trop, en fin de compte. Mais c'est Paulette qui va avoir une attaque quand il va se pointer devant elle.

Ce n'est pas qu'elle le déteste vraiment, non. Elle a même appris à l'apprécier dans une certaine mesure, lors de son voyage à Toronto, le même voyage où elle a rencontré Laurent.

Le problème, en plus du fait qu'il sent mauvais, c'est qu'il est amoureux d'elle. Elle dit qu'elle aimerait mieux être aimée par une chèvre pleine de verrues. Ça vous donne une petite idée de l'aspect repous-sant de Coco. D'autant plus que le jour où l'intelligence est passée sur terre, Coco n'était pas là.

Pourvu qu'il ne laisse pas de taches de graisse partout: parce que plus graisseux que Coco, t'es une livre de beurre!

20 heures

La chatte trouve que sa cachette habi-tuelle n'est pas sûre: elle est en ce moment derrière le calorifère de ma chambre.

20 heures 15

Le party commence pour de vrai. Au sous-sol, quelqu'un a mis le stéréo au maximum. Ça danse. Je descends. Noël passe devant moi, une bière à la main:

— Ça ne te dérange pas, Marie-Soleil, si j'ai mis de la poudre par terre pour que ça glisse mieux quand on danse?

— Bonne idée!

S'il y a une chose que j'adore, c'est quand ça glisse. Je me lance sur la piste.

Par terre, une pellicule de poudre rose. Je vais voir Noël qui fait le choix de musique.

— Dis donc, quelle poudre tu as mis par terre?

— Ça, dit Noël en me montrant le contenant vide.

— Aïe! Tu as saupoudré le plancher avec la poudre Chanel de ma mère! Sais-tu combien ça coûte?

— Cher?

— Très cher!

— *All right!*

Puis il s'adresse aux autres:

— Aïe! on danse sur du Tchanel! Tout le monde nu-pieds!

Je ne m'attendais pas à ça. Mais maintenant que c'est là, aussi bien en profiter. Je trouverai un mensonge à raconter. Et ça glisse bien rare!

Coco se joint à nous et se met à danser comme un sorcier qui a une crise d'appendicite. Muchel s'essaie et prouve hors de tout doute qu'il n'est pas fait pour les Ballets Jazz. Paulette et Laurent n'ont pas l'air de se rendre compte que ce n'est pas un slow qui joue, et dansent collés. Pascal *necke* déjà dans son coin. Et Martine Laurendeau descend en criant:

— Est-ce qu'il y a d'autres bières, Marie-Soleil?

Le bain est déjà vide.

**

— Vas-y donc, Élisabeth. Ça te fera du bien de voir du monde de ton âge, insiste Jeanne.

— Je n'ai pas envie d'y aller.

— Seulement une heure, pour te changer les idées...

— C'est vrai, ça te ferait le plus grand bien, ajoute sa mère.

— C'est juste en face. Si tu te sens fatiguée, tu rentreras, c'est tout, renchérit son père.

— Fichez-moi la paix!

Et Élisabeth s'enferme dans sa chambre.

20 heures 45

Normand Daigle vient de perdre ses broches d'en haut en vomissant dans les toilettes. Paulette trouve ça déplacé:

— Vomir avant minuit, je trouve que ça ne se fait pas!

Je vais faire un petit tour du côté de Martin, en train de prendre racine.

— Veux-tu que je t'arrose un peu?

— Pardon? sursaute Martin.

— Rien. C'est une blague. Alors?

Martin soupire.

— J'ai vu Élisabeth à sa fenêtre. À peine une ombre qui est passée juste une minute. Je croyais que ça me ferait plaisir, mais...

— Mais?

— Comment dire? Ça me fait mal ici, dit-il en montrant sa poitrine. Je crois que je vais repartir bientôt.

— Déjà? Non! Prends quelque chose. As-tu soif? Faim? Veux-tu des chips? De la bière?

— Non, merci.

— Allez! Secoue-toi! Vous n'allez quand même pas arrêter de vivre tous les deux jusqu'à ce qu'Élisabeth ait dix-huit ans!

— Tu ne peux pas comprendre...

— Peut-être. Mais si vous continuez comme ça, vous allez mourir de déprime avant de vous revoir! Vous ne serez pas plus avancés!

— Je te remercie de tes conseils, dit Martin, sèchement.

— Je ne voulais pas t'insulter. Écoute,

viens avec nous une petite demi-heure et après tu partiras. Juste pour jaser un peu. Tu veux?

Martin finit par accepter et me suit. En passant près du salon, j'entends la voix de Frédéric:

— Peut-être que Marie-Soleil ne s'en apercevra pas...

— Tu viens de renverser ta bière sur la collection de disques et tu penses qu'elle ne le verra pas? Ça va sentir pendant une semaine! l'engueule Isabelle.

La collection de trente-trois tours de mon père. Charmant! Il va être ravi! Je vais voir Frédéric:

— C'est fin! Tu aurais pu faire attention! Mon père va me tuer!

— Hé, ho! N'engueule pas Frédéric comme ça! Il n'a pas fait exprès! Il les écoute, ton père, ses disques?

— Non, il écoute seulement ses compacts.

— Bon, bien, mets un peu de parfum pour couvrir l'odeur de bière et il ne verra rien! propose-t-elle.

— Il n'aimera pas plus que ses disques sentent le Nina Ricci.

Frédéric suggère:

— Fume-les aux guimauves. Comme amateur de camping, il va aimer ça, d'abord, ton père.

Martin se met à rire. C'est la première fois. Il a vraiment un beau sourire, comme le mien: chevalin.

***

— Laisse-moi entrer, Élisabeth, supplie Jeanne.

— Vas-tu me parler encore de ce maudit party-là? demande Élisabeth de l'autre côté du mur.

— Non... ment Jeanne.

Élisabeth ouvre.

21 heures 15

Coco et Muchel ont un fun noir dans un coin de la salle à manger.

— Pis là, le maniaque arrive avec sa hache et se met à frapper tout ce qui bouge dans le party. Tu devrais voir le sang qui revole! raconte Muchel.

— Ça doit être bon, ce film-là. Comment ça s'appelle? demande Coco.

— *Le Magniaque!* Avec un G!

Ça rit comme deux petits cochons qui ont le nez bouché.

— Ils font un beau couple, hein? lance Paulette qui passait, pas du tout gênée par la présence de Coco: après tout, il s'occupe de Muchel. Elle s'arrête:

— Je ne sais pas si tu as vu, Solarium, mais ils sont en train de vider une bouteille de crème de menthe.

— Quoi?

— Après celle de Kahlúa qu'ils viennent de finir.

— Ah non! Ce n'est pas vrai! Je vais les arrêter tout de suite.

— Voyons, Solarium, penses-y un peu. Il va être malade et il ne voudra pas que sa maman le sache, le petit Muchel...

Ce qui est tout à fait logique.

— Mais tu ne trouves pas qu'il a déjà été assez malade cette semaine, Paulette?

— C'est toi qui dis ça? Toi qui aimes tant ça le faire souffrir! Et puis, à son âge, il fait juste commencer à être malade.

Ce qui est rigoureusement exact. Martin nous rejoint:

— Bon, j'y vais, maintenant. C'est gentil de m'avoir invité.

— Tu es certain que tu ne veux pas rester encore un peu?

— Non.

Son ton est ferme. Je n'insisterai plus. C'est triste qu'Élisabeth ne soit pas venue. Idiote.

Martin va chercher son blouson et sort par la ruelle.

***

— Mais pourquoi tu ne me l'as pas dit?

Élisabeth démêle ses cheveux en vitesse.

— C'était une surprise. Mais comme tu t'es entêtée à vouloir t'enfermer et souff...

— J'y vais.

Élisabeth sort calmement de sa chambre, alors que son coeur veut courir chez Marie-Soleil. Elle lance à sa mère:

— J'ai décidé d'y aller, en fin de compte. Vous avez raison, ça me fera du bien.

Sa mère lui sourit, satisfaite, sans rien savoir.

***

Laurent a commandé quatre pizzas *extra-larges* toutes garnies. Pascal est parti au dépanneur chercher d'autres bières. La chatte est partie en arrière du poêle. Frédéric susurre quelque chose à l'oreille d'Isabelle qui se met à rire. Martine Laurendeau est à quatre pattes et cherche son verre de contact. Paulette a pris la relève de Noël pour faire les *mix* de musique. Noël fait de l'oeil à une fille pour la première fois depuis des mois. Normand Daigle est encore malade. Mathieu Lemieux me colle. Et ça danse. Bref, le party va bien.

Ding dong.

— Déjà! C'est rapide, la pizza, ce soir!

Je vais ouvrir.

— Élisabeth?!

— Bonsoir, Marie-Soleil. Euh... *(elle murmure)* Martin est là?

J'ai deux secondes de découragement. Puis:

— Entre et ne bouge pas d'ici!

Ces deux-là, vraiment, je m'en souviendrai! Je prends une grande respiration, et tassez-vous, laissez-moi passer! Je me mets à courir et je m'élance à travers le corridor, vers la cuisine. Je pousse la porte moustiquaire et je saute carrément les quatre marches du balcon. La ruelle est déserte, évidemment. «J'espère qu'il n'est pas trop tard!»

Dans la lumière faible des lampadaires, je traverse la ruelle à toute vitesse, en essayant d'éviter la vitre brisée, les roches et les morceaux de bois qui viennent de Dieu sait où, en espérant ne pas me fouler une cheville dans les trous qui se trouvent un peu partout.

J'arrive à la rue Villeneuve: pas de trace de Martin. L'arrêt d'autobus est dans la rue transversale. Je me donne un élan et je cours vers l'arrêt, caché par les vitrines éclairées du marchand de tapis. Je vois le long corps de Martin qui attend. Je vois aussi l'autobus arriver. Je crie de toutes mes forces:

— Martin! Martin, attends!

Il ne m'entend pas. Les portes de l'autobus s'ouvrent. Il monte, les portes se referment. Vite, Marie-Soleil, vite! L'autobus démarre. Plus que quelques mètres. Si le feu pouvait virer au rouge! L'autobus accélère, le feu ne change pas. Lorsque j'arrive à l'arrêt, il est déjà de l'autre côté de la rue.

Je m'arrête, complètement essoufflée. Je me demande: «Veux-tu bien me dire pourquoi je fais ça? Pour des gens que je ne connais même pas?» Il faut croire que je ne trouve pas l'amour si niaiseux que ça, en fin de compte.

Pas le temps des questions ou des réflexions. Je m'élance. Allez, Solarium-Mario, le sprint, tu es capable.

Je cours. Je cours. Je ne savais pas que je pouvais courir si vite. J'ai toujours dit que les coins de rues ici sont trop éloignés. À l'autre coin, l'autobus attend. Le feu est rouge. «Il ne faut pas que ça change, il ne faut pas.»

La distance entre l'autobus et moi diminue rapidement. Je me dis que jamais je n'aurais cru que je courrais avec toute la vitesse dont je suis capable et même plus encore, à cause d'un gars! À cause d'une histoire d'amour bête.

Le feu vire au vert. Tu y es presque! L'autobus démarre. J'arrive à la hauteur des portes. Je frappe. Je crie:

— Attendez!

Le chauffeur immobilise l'autobus, ouvre les portes. Je monte, à bout de souffle. Je vais vers l'arrière. Le chauffeur se lève:

— Aïe! Il faut payer!

— Marie-Soleil?! Qu'est-ce que... dit Martin, évidemment surpris.

— Laisse faire les questions et suis-moi!

J'attrape Martin par la main et je retourne à l'avant:

— Merci, monsieur. Je ressors tout de suite.

Nous descendons les marches, et Martin essaie de me questionner encore:

— Veux-tu m'expliquer...

— Pas le temps. Allez, dépêche!

Je l'entraîne derrière moi, en courant de nouveau. Vraiment, je pense que je ferai le marathon de Montréal l'automne prochain! Je suis certaine de remporter une médaille, si je ne tombe pas raide morte en arrivant chez moi maintenant.

Je l'entraîne ensuite dans la ruelle. Il me suit, renonçant à me questionner. On pénètre dans la cour. On monte les marches, je pousse la porte. Je le tiens toujours par la main. Je traverse le corridor avec lui.

Dans le salon, Élisabeth n'a pas bougé. J'adore les gens qui font comme on leur dit. Elle se lève et je m'arrête soudain, malgré moi: Martin, qui me tient toujours la main, s'est figé.

— Bon, tu peux me lâcher la main là, Martin!

J'ai de la misère à parler tellement je suis

essoufflée. Il me lâche.

— Allez dans cette pièce-là, vous serez plus tranquilles.

Je leur montre la chambre où Martin a joué au cactus. Je m'écrase sur place, dans une belle flaque de bière. Mathieu Lemieux s'empresse:

— Veux-tu quelque chose, Marie-Soleil?

— La paix.

***

Élisabeth referme la porte derrière elle, sans bruit. Martin allume et pose sur la lampe une écharpe qui traîne, pour adoucir un peu la lumière trop forte. Elle ferme les rideaux. Tous les deux sont silencieux. Ils ont tellement rêvé de cet instant, imaginé les mots-diamants qu'ils s'offriraient; et voilà qu'ils sont muets. Le choc amoureux est peut-être le plus puissant de tous.

Ils ont vécu dans leurs rêves pendant plusieurs mois. Et le rêve prend forme. La réalité est plus belle encore.

— Tu es maigre, Élisabeth, dit Martin.

Elle lui sourit comme si c'était le plus beau compliment qu'on lui ait jamais fait.

— Comme toi!

Ils tendent la main l'un vers l'autre, et au moment où ils se touchent enfin, l'image ne disparaît pas cette fois-ci. Ils peuvent enfin se serrer l'un contre l'autre. Et la chaleur qui les enveloppe n'a rien à voir avec celle de juillet. Elle les enferme dans un univers qui se termine juste en dehors d'eux.

Ils s'embrassent en fermant les yeux. Et leur émotion est si intense, qu'ils en perdent presque connaissance. Ils chancellent tous les deux et vont s'asseoir, en riant de ce déséquilibre. Sur le divan, ils s'enlacent avec force et tendresse infinie.

— Je t'aime, disent-ils en même temps.

Ils se serrent très fort et retiennent leur souffle. Comme s'ils pouvaient retenir les secondes de leur rencontre.

— Martin?

— Oui?

— Quand on partira, on emmènera Martin II et Élisabeth II aussi?

— Oui, mais ça voyage mal un chat. Tu crois qu'ils vont s'entendre?

— Bien sûr. Après un an ou deux, dit-elle en riant. Et puis, s'ils ne veulent pas voyager, Jeanne les gardera. Tu sais où j'ai envie d'aller?

— Laisse-moi deviner... répond Martin avec fausse naïveté. Vienne?

— C'est vrai, je te l'ai écrit. Oui. Vienne. C'est romantique, tu ne crois pas?

— D'accord. Pour autant que tu te débrouilles en allemand. Et ce sera le début, et puis on ira partout ensemble.

— On fera le tour de monde!

— Et quand on aura fini, on s'inventera un pays.

— Ou on ira sur la lune! Peut-être qu'on pourra, puisqu'on sera déjà vieux, dans ce temps-là.

— Oui, c'est long de faire le tour du monde. Tu crois que Jeanne gardera Martin II et Élisabeth II tout ce temps-là?

— On les emmènera avec nous sur la lune. Ils seront drôles dans leurs costumes d'astronaute. Ils vont rebondir partout.

Ils se parlent du futur, longtemps. Pour effacer le présent, le cauchemar. Élisabeth caresse les cheveux de Martin:

— Un an, ce n'est pas si long, tu sais.

— Et si on fuyait, là, tout de suite, ce soir?

— Ils nous retrouveront.

— Et si on se tuait?

— Et notre tour du monde?

— Est-ce que tu m'aimeras encore dans un an, ma belle?

— Dans un an, et dans mille. Et toi?

Martin se met à genoux et joue le chevalier servant:

— Oh princesse! La flamme qui brûle en mon coeur est comme celle de mille dragons ensemble. Tous les pompiers du monde n'arriveraient pas à l'éteindre! Je vous aimerai toujours, foi de sire Martin du Lac-à-la-truite!

Élisabeth se met à rire.

— Je te promets aussi de te faire rire toujours. Tu es si belle quand tu ris.

— Toi aussi, tu as un si beau sourire...

— Même avec mes grandes dents?

Élisabeth lui prend le visage dans ses mains blanches et l'embrasse doucement.

23 heures 30

Ding dong!

On a commandé d'autres pizzas, puisque ceux qui dansent en bas n'ont jamais vu la couleur du pepperoni des quatre *extralarges* de tantôt. Je vais ouvrir.

— Police!

Ça y est! Ils viennent arrêter Martin et Élisabeth. On n'aurait jamais dû jouer les entremetteuses, Paulette et moi! Ils vont entrer et nous arrêter tous, enfin tous les mineurs. Ils vont trouver nos parents au Lac-Saint-Jean et ils seront obligés de revenir nous sortir de prison. Qui est-ce qui va venir nourrir la chatte pendant ce temps-là? Est-ce qu'on me laissera consulter un avocat? Le grand moustachu me parle:

— On a une plainte des voisins, à cause de la musique. Pouvez-vous la baisser, s'il vous plaît?

C'était juste ça? Je vais la baisser, c'est certain! Vous allez voir, plus bas que ça, il va falloir avoir des oreilles de lapin pour l'entendre!

Ils repartent. La musique baisse, la pizza arrive. Les couples *neckent,* les autres jouent à des jeux niaiseux. Muchel est écrasé dans un coin, presque inconscient, en costume de Batman. Il est complètement soûl. Coco s'est endormi devant un film de monstres. Isabelle et Frédéric se chicanent. Paulette et Laurent et moi et Mathieu Lemieux, on se raconte des histoires de peur. Martine Laurendeau discute de l'univers et des planètes avec Noël qui n'a pas eu de succès avec la fille de tantôt. Pascal a disparu dans la chambre de mes parents.

Martin et Élisabeth, je ne sais pas. Ils n'ont pas bougé de la chambre d'en avant. Peut-être qu'ils sont morts. Qui sait si ce ne serait pas mieux pour eux? Tu dis des niaiseries, Marie-Soleil: pour moi, tu as trop bu, toi aussi.

Chapitre 11

Samedi: In fine
(À la fin)

Ce n'est pas que le ménage me fasse peur. Quoique, soit dit entre nous, j'aie horreur d'en faire. Non, c'est juste que je n'aime pas trop plonger mes mains dans du pepperoni de la veille, coincé entre les coussins du sofa.

En général, j'aime assez le désordre. Comme empiler mes vêtements sur ma commode jusqu'à ce que ça s'écroule tout seul. Ma mère d'ailleurs a décidé de garder la porte de ma chambre toujours fermée au lieu d'essayer de me convaincre de la ranger. J'adore quand ce sont les autres qui plient les premiers.

Ce matin, la maison au complet ressemble à ma chambre. Ça va être gai de remettre ça en état, c'est-à-dire comme mes parents aiment. Paulette et Laurent vont m'aider. Mais pour ce qui est de Muchel, il a en ce moment même la figure vert lime. Ma foi, ça lui va aussi bien que le mauve. Mais ce n'est pas trop bon signe, ça non plus.

Les derniers sont partis vers deux heures et demie du matin. Les derniers, Martin et Élisabeth, qui n'étaient pas tout à fait morts, mais plutôt pris ensemble comme les deux côtés d'une fermeture éclair. À se serrer autant que ça, ils vont être couverts de bleus. Je les ai vus s'embrasser: c'est simple, si un gars m'embrassait comme ça, mes dents sauteraient une par une sous la pression, c'est certain! Je me demande si j'aimerai assez un jour pour accepter de porter un dentier...

Ça me plairait, en fait. Ah! Être prête à braver vents et tempêtes pour un homme adoré! D'autant plus que d'ici à ce que ça arrive, j'ai amplement le temps de m'équiper de parapluie et de tout ce qu'il faut.

Mais on ne sait jamais. Ça viendra peut-être bientôt. Et puis, il n'était pas si moche que ça, Mathieu Lemieux. Il sait bien raconter des histoires de fantômes, et j'aime bien ses taches de rousseur. Il porte des broches, mais bon, je commence à avoir de la corne sur la langue, de toute façon.

Donc. Martin et Élisabeth ont dû se dire de grands mots d'amour déchirants, s'embrasser jusqu'à se décrocher la mâchoire et pleurer toute l'eau de leur corps. Ce qui ne pouvait durer longtemps, maigres comme ils sont tous les deux.

Enfin, c'est comme ça que j'imagine leur rencontre. Je ne sais pas. Je n'ai jamais eu de séparation de ce genre. Si je me trouvais un chum que je ne peux pas voir, peut-être que je l'aimerais plus ou plus longtemps, car quand les autres sont absents, ils nous paraissent bien mieux que dans la réalité.

Prenez mes parents, puisqu'ils sont loin, je les aime bien plus. J'imagine alors quand je les quitterai pour de bon: je vais les aimer rare! Vraiment, Marie-Soleil, plus philosophe que ça, tu vires en statue grecque.

Jusqu'à maintenant, j'ai compté quatre-vingt-quatre bouteilles vides. Il faut que j'aille les vendre. Et, est-ce qu'il y a quelque chose de plus gênant que de vendre des bouteilles? Non! Il va falloir que je fasse tous les dépanneurs du coin. Ça me permettra d'acheter une petite partie de ce qui manque dans le bar, presque vide, lui aussi.

Le magnétoscope ne marche plus. Trop de sang, je gage. Il manque six verres dans la collection que ma mère complète à chaque plein d'essence. J'ai plongé les pochettes de disques de mon père dans l'eau pour faire partir l'odeur de bière; l'odeur est partie, mais les photos aussi. Et ça gondole plus qu'à Venise.

La pizza a taché les sofas blancs. Ça faisait des ronds rouges. J'ai essuyé: ça fait des ronds jaune orange. Je vais mettre ça sur le dos de Paulette, ils vont trouver ça moins pire que si je dis que c'est moi. Et puis, ce sont des détails. Il n'y a pas eu de catastrophe, à part un peu de vomi dans le corridor. Pour autant que mes parents ne trouvent pas des seringues de drogue, ils n'en feront pas toute une histoire, en fin de compte.

C'est souvent ce que je dis quand un des deux m'engueule: «Au moins, ta fille ne se drogue pas, tu devrais être content!» Ça marche à tous coups. Ça se calme illico. La meilleure manière de faire faire ce que tu veux à tes parents maintenant, c'est de ne rien prendre. De drogue, j'entends. Ils aiment mieux te voir boire que te voir te piquer.

— J'vais mourir!

Muchel vient de passer en courant, se dirigeant tout droit vers les toilettes. Une brosse à douze ans, si sa mère savait... Elle a beau être barmaid, elle n'apprécierait évidemment pas ce qu'a fait son fils. Il restera donc discret sur sa semaine, ses maladies et tout le reste.

Le pauvre, il revient plus magané d'ici que s'il était allé en camping. Ce qui fait que je ne l'aurai peut-être pas collé à moi l'année prochaine; ça aura eu au moins ça de bon. Il va me manquer, tout de même. Car j'adore le maltraiter.

Je me suis arrangée avec Martin et Élisabeth: ils se verront ici en cachette. Ils ne sont pas nonos au point d'attendre un an sans faire un effort pour trouver une solution. J'aurai l'air de la nouvelle copine d'Élisabeth, ce qui du reste pourrait réellement arriver. Elle est bien, finalement, Élisabeth, quand elle est heureuse.

Le truc, ce sera de convaincre mes parents de se fermer la trappe. Mais ils adorent venir en aide aux opprimés de la terre, comme ils disent. Ça vient du court temps où ils ont été militants socialistes. J'étais en poussette, mais ils en parlent encore. Plus radoteux que ça, ils ne veulent même pas de toi à l'hospice!

— *Boy!* C'est le bordel ici!

Paulette refait surface, les yeux encore collés.

— À nous trois, on va nettoyer, ce ne sera pas long.

— À nous deux, rectifie-t-elle.

Je la regarde, un point d'interrogation dans les yeux. Elle reprend:

— Laurent s'en va. Le plus vite sera le mieux.

— Oh! oh!

Le petit couple parfait vient d'avoir sa première chicane. Une affaire niaiseuse de «colle-décolle» qui s'est mal terminée.

Il fait beau et chaud. On doit geler au Lac-Saint-Jean. Les parents reviennent demain.

Laurent surgit et me dit bonjour-au-revoir-merci. Il se dirige vers la porte, s'arrête, se retourne et lance un regard de chien battu à Paulette. Elle soupire, hésite, se lève, va vers lui et lui saute au cou. C'est beau l'amour, même si c'est niaiseux.

Muchel sort des toilettes:

— J'boirai plus jamais!

Promesse d'ivrogne. Il vient s'asseoir près de moi:

— Dis donc, Marie-Soleil...

— Oui...

— Toi qui connais des filles, en aurais-tu une à me présenter?

— Pardon!?

— Une belle, là! Une qui embrasse bien, pour me montrer.

Je crois que je vais essayer de lui en trouver une de son âge. Avec des broches, à part ça. En haut et en bas, et avec des élastiques en plus. Juste pour rire.

Ce n'est pas que je sois vraiment méchante. Non. Le problème, c'est que les mésaventures des autres m'intéressent, en fin de compte. C'est tout.

Fin

Table des matières

Achevé d'imprimer
sur les presses de Litho Acme Inc.
3e trimestre 1990